Leon Segelbacher

Metamorphose

Kurzgeschichten

Drei Worte können die Welt verändern.

Aber ein Gedanke bietet einem jeden von uns erst die Möglichkeit dazu.

Exposeé

Eine Entwicklung wird uns auf subtile Weise immer dann klar und deutlich vor Augen geführt, wenn wir dazu bereit sind, uns den Prozess, der dahinter-steckt, anzusehen. Tatsächlich wird, so werfen wir den Blick in die Vergangenheit, das Ausmaß unserer Handlungen und Gedanken erst dann vollends nachvollziehbar, sobald wir verstanden haben, wer wir einst im Innersten waren und warum wir heute derjenige sind, von dem wir glauben, er oder sie zu sein. Manchmal sind uns unsere Erinnerungen im Weg und blockieren unseren guten Willen, unsere eigene Freiheit oder verwüsten das Porträt eines Idealselbst, dass wir bereits in Stein gemeißelt hatten und nun wieder abreißen müssen.

In Metamorphose, mit seinen vierundvierzig Kurzgeschichten, wird der Prozess einer Verwandlung durch die verschiedenen Protagonisten, die als diverse Erzähler auftauchen, beschrieben. Sie alle haben mit ihren ganz eigenen Prozessen und Ängsten, verlorenen Träumen und kräftezehrenden Erinnerungen, aber auch mit Hoffnungen und Verbundenheit ihre ganz persönlichen Erfahrungen machen dürfen. Trotz den Verschiedenheiten zwischen den einzelnen Akteuren und wie sie alle auf ihre Art und Weise sich ein Bild von der Realität machen, ihre Erfahrungen verarbeiten, vereint sie im Kern die Erinnerung an etwas, dass nun nicht mehr da oder in einer anderen, nicht greifbaren Form wiedergekehrt ist. Die Geschichten verkörpern den Prozess des Erinnerns, der daraus resultierenden Angst und deren Verarbeitung. Das alles ist dem festen Glauben geschuldet, dass wir, wenn wir uns nur gut genug selbst verstehen, eher dazu in der Lage sind, auch unsere Umwelt besser und toleranter nachvollziehen zu können.

Inhalt

Schönheit und Zerfall

Dissoziative Verwandlung

Da kommt nichts mehr

Das Vorwort

Wo ich bin?

Weiße Asche tropft auf den Boden des Aschenbechers zwischen gestapelten grauen Türmen nieder. In meinen müden Augen spiegelt sich mir das Bild verlorener und aufgeschriebener Gedanken, die einst in mir umherschwirrten, mich nicht in Ruhe ließen. Die Helligkeit meines Bildschirms ist auf der niedrigsten Stufe eingestellt. Trotzdem oder gerade deshalb offenbart sich mir ein Schlachtfeld aus Wörtern, die ohne Konzept und Struktur das weiße Feld der Seite durchqueren. Meine Gedanken kreisen umher. Kein Wort möchte sich mir klar und deutlich, in meinem Kopf bloßstellen, als hätten sie Angst vor etwas oder jemandem. Ich warte. Die Türme werden höher, die Tage, an denen ich an denselben Orten sitze, länger. Sie nehmen kein Ende mehr. Aus Tagen werden Wochen, die in Monaten enden, an denen ich nicht mehr daran denken möchte, nachzudenken oder mich etwas hinzugeben. Verloren gleise ich in meinem Zug erbarmungslosester Erschöpfung aus den Schienen und treibe wie auf Wolken, über Wiesen und Täler. Mir scheint an diesen Tagen die warme Morgensonne auf das bleiche Gesicht und treibt mich, von Sorgen verlassen, über unsichtbare Wege hinweg. Ich habe die tiefsten Abgründe meiner kalten Vergangenheit ausgeblendet. Ich schnipse an meiner Zigarette. Die Asche tropft ab, der Becher füllt sich, ich schalte die Musikanlage an und es läuft ein Stück, das ich nicht kenne, aber gut genug finde, es laufen zu lassen. Niemand singt in diesem Lied. Keine weiteren Worte, der Raum ist leer. Ein Stuhl, keine Wände. Eigentlich ist es gar kein Raum. Es fühlt sich an wie Unendlichkeit. Ich werfe den

Stuhl in die Weiten. Einmal, zweimal, bis er zerbrochen da liegt. Ich schleudere ihn durch die Gegend und gegen die kalten Wände. Ich renne immer weiter hinter den zerstörten und zerstreuten Stuhlteilen hinterher, um sie weiter zum Brechen zu zwingen. Ich schreie, ohne einen Ton von mir zu lösen, als schluckte ich sie wieder und wieder herunter. Nichts ist zu hören, nicht meine Schreie, nicht das Knacken der Beine des Stuhls noch meine Schritte. Ich knie mich auf den Boden, die Hände in den Schoß gelegt und die Decke betrachtend. Habe ich nicht erwähnt, keinen Raum zu sehen? Ich brauche eine Pause und schließe die Augen, warmer Wind weht durch ein gekipptes Fenster, ein Sonnenstrahl berührt eines meiner geschlossenen Augenlider. Der Bildschirm ist aus. Ich atme tief und ruhig. Der Aschenbecher ist wieder voll.

Skizze eines Statusberichts

Der Nebel trübt die Stadt. In seinem weißen Schleier legt er sich über alles was davor von der Sonne berührt worden war. Gestern war das Wetter noch besser, als es heute Morgen um 8.24 Uhr ist. Draußen ist es feucht, durch die Fensterscheiben fällt ein schwaches weißes Licht, es ähnelt dem eines, in der Nacht weit geöffneten Kühlschranks. Ich stelle mir vor, wie es draußen wohl wäre, wenn ich ganz alleine wäre. Durch die Orte und Wege der Welt wandern, ohne eine Menschenseele anzutreffen. Es gäbe keine Konversation, keine offenen Geschäfte oder Veranstaltungen, zu denen man eingeladen wäre oder sie besuchen kann. Ohne die Menschen würde der Planet nicht unter den Folgen von Kriegen und Ausbeutungen leiden. Es würde keine Toten geben und auch keine Lebendigen, die sich vor dem Tod fürchten würden, keine Spezies müsste mehr Angst haben, ausgerottet zu werden, dem einzigen Zweck geschuldet, sich an ihren Hörnern oder dergleichen zu bereichern. Keine Morde, keine Korruption oder diverse andere politische Diskurse, eine drastische Verbesserung des Klimazustandes und abertausender anderer zwischenmenschlicher Konflikte, die, um sie alle hier aufzulisten, zu viel Zeit und Platz in Anspruch nehmen würden. Das Leben als Einzelgänger. Ich stelle mich mir selbst vor, in denselben Kleidern, wie ich sie bereits die vergangenen Jahre getragen hatte. Sie hatten sich nicht besonders verändert, hier und da blitzte mal eine neue Naht hervor oder ein Flicken, der sich auf einer Hose wiederfand, ansonsten sah alles noch so aus, wie als ich es gekauft hatte. Jeden Tag würden die Wolken am Himmel nur für die Welt und mich vorbeifliegen, weniger für mich. Sie würden den Regen bringen oder das Eis wieder zurück in Wasser verwandeln, das dann die Bäche und Quellen füllt und die Pflanzen aufblühen ließe.

Aus der Kanne, die auf dem Herd steht, sickert weißer Rauch. Er ist so schwer, dass er an den Rändern der Kanne und an den Türen und Schränken hinuntergleitet und über den Boden streift. Ein langgezogener weißer Schleier hatte sich über den Fußboden gelegt, die Fliesen darunter waren nicht mehr zu sehen. Es pfiff erst leise, dann immer lauter, bis der Kaffeekocher derartige Töne von sich gab und sie das Zimmer verließ. Sie zog die Türe, welche in die Küche führte, mit demselben Schwung, den sie beim Hinausgehen erreicht hatte, zu, und sorgte so für einen lauten Knall, der Minuten später im Haus noch zu vernehmen war. Es war derselbe Knall, den sie davor schon hunderte Male vernommen hatte und der ihr immer große Angst bereitete. Sie zählte die Bilder an der Wand, große Bilder mit den Abbildungen eines Mannes im Rollstuhl. Sie glaubte, es wären diese Gemälde, wahrscheinlich Ölmalerei, die man gut an den kleinen Rissen erkennen konnte, welche zwischen Farben und Formen gelegentlich auftauchten, sie blieben die etwas lebhafteren in diesem Haus. Nur diejenigen, auf denen der sonderbare Mann im Rollstuhl saß, hatten eine besondere Atmosphäre, die sie umgab wie ein transparentes Nebelkleid. Sie kannte den Mann nicht, weder sein Aussehen noch die Art und Weise, wie er an der Wand hing und aus dem Bild in die Welt starrte. Seine Augen waren hellbraun, noch heller als Bernstein, sie hatte solche Augen noch nie zuvor gesehen. Also blieb sie stehen und betrachtete den Mann in den Bildern. Warum war er wohl in einem Rollstuhl und wer hatte alle diese Werke von ihm erschaffen, war es der Wunsch des Künstlers oder doch mehr die Eitelkeit des Mannes.

Das Pfeifen im Haus wurde langsam unerträglich, sodass sie sich gezwungen sah, den Wasserkocher von der Herdplatte zu nehmen und das Fenster zu öffnen. Weißer Qualm schob sich aus den Ritzen des Fensters und verflog im Wind des Herbstes innerhalb weniger Momente. Sie sah ihm dabei zu, überlegte eine Weile, ob sie sich einen zweiten Kaffee aufgießen sollte oder schon genug getrunken hatte, und vergaß dieses Vorhaben wieder. Sie sah den Wolken am Himmel nach, wie sie immer weiter den Horizont hinaufkletterten. Es waren riesige Kumuluswolken. Ihrem Sinn nach, an diesen Himmel gebundene Vertraute, eines andren Bewusstseins zu bleiben bis sie schließlich hinter den nächsten Graden der Erdkugel verschwanden.

Regen prasselt gegen die Fensterscheiben. Draußen ist es noch finstere Nacht, der Mond liegt versteckt hinter dem Schwarz der Wolken. Nur das Zucken der Blätter im Wind und das verhaltene Streichen der Äste auf meinem durchnässten Regenmantel nehme ich noch bewusst wahr. Ringsum knackt es, Äste brechen von den Bäumen ab und fallen sanft in das nasse Laub. Der Regen ist wie die Sonne, nicht so wie die Wolken. Wenn es regnet und die ersten Wasserperlen auf den Blättern und Blüten zerplatzen, werden die Stimmen in meinem Kopf leiser. Der Regen ist laut. Er spricht mit den Menschen und mit der Natur. Doch sie verstecken sich in ihren Häusern, unter Brücken oder Bushaltestellen, sie entfliehen seinen Worten und hören ihm nicht zu. Nach kurzer Zeit werden die Bäche und Flüsse wieder sprudeln, sie werden überlaufen, die Wege mit Wasser füllen.

In der Stadt gibt es keinen Regen, dort wird es nur grau. Alles blitzt weiß und farblos unter der Decke des Himmels hervor, wie oft ich mir schon gewünscht hatte, alles sei aus Asche und würde weggespült werden wie braune Blätter, die am Straßenrand in einer Mulde liegen und darauf warten, von einem Windstoß davongetragen zu werden.

Zwei Tage sind vergangen, in denen die Hoffnung gewachsen ist. Sie hat sich wie eine Glasglocke um mein Haupt gestülpt, mein Sein hat zu seinem Körper zurückgefunden, doch ich bin es nicht. Ich bin jetzt. Ich bin nicht gestern und kann auch nicht morgen sein. Nur jetzt umgeben von tausenden Glasfragmenten, die in den verschiedensten Farben aufleuchten, wenn man in sie hineinsieht. Ich streife mir einen Wollpullover über den Kopf, er ist mir an den Armen zu weit und bestimmt auch einige Größen zu groß. Doch sein Stoff wärmt meine kalte Brust, als er sich auf ihr niedergelassen hat.

In dem Raum ist es rabenschwarz. Alles ist dumpf und wirkt so weit entfernt. Mein Atmen zieht weiße Fäden in den leeren Raum, die nach wenigen Augenblicken sich zu immer neuen Netzen zusammenfügen und wieder auflösen. Manchmal stelle ich mir vor, wie etwas, einer Spinne gleichend, über die Netze krabbelt, sie wirken so schwer. Das fragile Gerüst wackelt, aber sie halten sich fest und stolzieren über das Mosaik aus tödlichen Fallen und zielführenden Wegen, als wäre es selbstverständlich. Meine Bewunderung für sie, oder besser gesagt diese, welche ich mir vorstelle, ihnen gegenüber zu besitzen, ist bizarr. Ich habe Angst vor ihnen, Ekel. Sie sind abnorm und entsprechen keinem Maßstab. Doch sie tanzen auf den dünnsten Drahtseilen der Welt mit einer Leichtigkeit, der keiner trotzen kann. Auch leben sie alleine, in einer Symbiose mit sich selbst. Ich wünschte, sie könnten ausbrechen und sich selbst so offenbaren, wie sie sind. Ihnen fehlt die Möglichkeit dazu, anderen jedoch nicht.

Die Geräusche formen sich in meinem Kopf zu Geistern. Kleine Gestalten mit riesigen Augen und noch größeren Mäulern. Besonders gefährlich sehen sie nicht aus, zumindest nicht in meiner Vorstellung. Gegenteiliges ist der Fall, sie tanzen und lachen, schwirren durch meine Gedanken, verfangen sich in Worten und verschwinden. Zurück bleibt ein mittelgroßes Chaos, das es dann wieder zu ordnen gilt. Da nichts so ist, wie es vor ihrem Erscheinen war, findet alles einen neuen Platz. Manches liegt noch in den alten Regalen und Schubladen, doch vieles liegt zerstreut auf dem Boden und ist unsortiert. Aufräumen werde ich erst morgen, versichere ich mir, ohne mich von der Ironie dieses Gedankens überführt zu fühlen. Der letzte meiner Geister ist verschwunden und ich blicke ihm, wie er in seinem bunten Kleid davonspringt, verträumt hinterher. Es ist gewoben, dichter Stoff aus den Überresten meines unterbewussten Denkens. Diese Geister sind mir ein Rätsel.

Aus meinen Ohren entnehme ich einen weißen Kopfhörer. Um auf der rechten Seite bequem liegen zu können, hatte ich nur auf einem Ohr Musik gehört und musste, dem widerlichen Geschmack aus meinem Mund nach zu urteilen, auch dabei eingeschlafen sein. Ich wische mir über die Lippen. An den Mundwinkeln verschmiere ich die letzten angetrockneten Speichelrückstände, die mir während meines kurzzeitigen Ausflugs, fernab der realen Welt, hängengeblieben waren. Wobei das Träumen nur menschlich ist. Es ist sogar die schönere Art der Realität. Unbegrenzte Möglichkeiten im Rahmen, und darüber hinaus, der eigenen Vorstellungskraft sind hier möglich, gäbe es doch nur eine Anleitung oder ein Buch, das uns Menschen auf dem Weg in die zweite Welt des Realen begleiten könnte.

Die Menschenmengen treiben wellenartig vor meinen Augen auf und ab. Sie gehen in Geschäften einkaufen, laufen nach Hause oder sitzen verschlafen in der Straßenbahn. Nur ein wenig meiner Aufmerksamkeit schenke ich ihnen, wenn ich sie auf ihrem Weg beobachte, bis ich sie nie wieder sehen werde. Im wandelnden Moment der Zeit werden die Straßen leerer, das blühende Treiben schwillt ab und lässt den Raum für intensivere Wahrnehmungen. Gestern habe ich meinen Vater verstanden. Angenommen oder verlangt hatte ich das nie. Wie hätte ich denn auch sollen? Einzig und allein Äußerungen anderer machten meinen Vater zu dem, was ich in ihm sah und sehen wollte. Für mich blieb er eine Hülle, der ich keine Bedeutung zusprechen konnte. Er war lange Zeit nicht zu Hause, hatte mich und meine Mutter, meine Schwester nie wirklich zu Gesicht bekommen. Aber ich verstehe ihn jetzt in einer Zeit, welche mir vorgibt, nicht bei ihm zu sein, nichts von ihm zu lernen oder zu erwarten, und gerade in dieser Zeit präsentiert er mir sein Selbst, in einer Art, die ich sehr bewundere. Angemerkt haben möchte ich aber dennoch, dass es kein Wunsch ist, seinem Charakter zu gleichen. Es sind die gewissen Werte, Erfahrungen, die verborgen vor der Welt in seinem Geist sitzen und ihn zu dem machen, was er ist. Er ist mehr, als ich bin und ich, erwische mich des Öfteren in Phasen von Ekstasen der Euphorie, wenn weitere einzigartige Mosaiksteine auftauchen, die sein Gesamtbild aufleuchten lassen. Mein größter Wunsch wäre es, wenn doch nur diverse andere Menschen sich die Zeit dafür nehmen würden, sich zu verstehen, zu ergründen, was das Gegenüber zu dem macht, was es ist und nicht das, was nach außen transportiert wird. Aber möglicherweise ist dies der Normalzustand und meine eigenen Verhaltensweisen verbieten mir diesen Einblick. Die kühle Abendsonne bricht in die Stadt und in mein Gedankenkonstrukt. Die Fassaden der Altbauhäuser glühen farbefreudig und reflektieren die ersten Lichter aus den Geschäften unter ihnen. Es wirkt alles so ruhig und geordnet, eine Gesellschaft, die nicht in der Lage ist, sich mit allem auseinanderzusetzen. Das Raunen der Menschen, Gelächter und betretenes Schweigen, alles harmoniert in einer bedeutungslosen Zusammenstellung verschiedenster Individuen, die alle für sich ein Leben in dem von vielen erleben. Die Sonne verlässt mich und ich verlasse die Bank, auf der ich noch eben saß. Es ist an der Zeit, zu gehen.

Ein neuer Tag zeichnet sich am Himmel ab. Noch bevor die Sonne zu erkennen war, unter ihrem Wolkenkleid, war ich aufgestanden, hatte mir den Schlaf aus den Augen gerieben und geduscht. Ich habe mich abgetrocknet und das Fenster zum Lüften aufgemacht. Ich war nur einer von wenigen, einer von denen, die den Wohnungen beim Verfallen zusehen, die betrachten, wie sie sich verändern. An ihnen klebten Efeuranken, die sich bedacht um und in die Fenster schlängelten und im Winter ihr grünes Kleid erneut verloren. Nur über einem Fenster hingen das ganze Jahr rote und grüne Pflanzen. Fernab einer dunklen Tristesse, die sich im Winter über der Stadt erbrach, leuchtete dieser Ort in einer ganz anderen Stimmung. Es war wie ein Fluch, ihnen zuzusehen, wie sie vor Resistenz und Freude aufloderten und sich meiner Blicke beanspruchten. Ich konnte sie den ganzen Tag sehen, ihnen zusehen, wie sie wuchsen und etwas erschufen, etwas nie zuvor Dagewesenes. So nah sie mir auch waren, blieben sie in unerreichbarer Ferne.

Die Laternen ließen ihr Licht im Schatten des Mondes auf den Straßen liegen. Es zerbrach unter ihrem Schirm in seine Bestandteile, ich fühlte mich zum ersten Mal gedrängt, sie wieder zusammenzufügen.

Um zu schreiben, bin ich zu müde, meine Augenringe ziehen tiefe Furchen in meine Wangen, die Hände zittern und geschlafen habe ich seit Tagen nicht genug. Unüberlegt beginne ich mit der Arbeit. Jeden Tag fange ich etwas an, das nie beendet wird. Ich verfalle in einen Rausch, unvollendete Projekte zu erschaffen, sie zu stapeln und nach und nach zu vergessen. Wenn ich versuche, zu schlafen, kriechen die Geister jener Ängste durch meine Haut und Ohren. Sie nisten sich ein, werden sesshaft in dem Reich, das ich als mein persönlichstes bezeichnen würde. So werden die Tage schwerer, wie nasses Gras, das im Wind weht, trage auch ich meinen Kopf gesenkt, immer auf der Hut vor dem, was ich nicht kenne. Der Versuch, zu beobachten, erwies sich als Fehler. Angst und Unbehagen machten sich in mir breit, wie sie mich durch ihre glasigen Augen ansehen. Ich kenne sie nicht und sie mich nicht. Nicht der kleinste Teil ist mir geblieben, ich habe keinen Grund mehr, sie zu verstehen, auf sie zu hören oder mir ihre Worte zu merken, die sie ausspucken, als hätten sie jegliche Bedeutung verloren. Das letzte Glück, das mir geblieben war, bin ich. Ohne mich egoistisch erscheinen zu lassen, möchte ich vorwegnehmen, wie sehr ich mich hasste all die Zeit. Geändert hatte sich das nicht aber mittlerweile verabscheue ich vieles umso mehr. Wem die Welt einen Platz geboten hat, sollte ihn auch nutzen, hatte mein Vater damals zu mir gesagt. An diesem Tag regnete es wie aus Eimern auf die Erde herab. Der Himmel war schwarz, schwarz wie die Nacht, in der kein Mondstrahl vom Himmel fällt. Doch wie sich Dunkelheit erkennen lässt, ist das Licht nicht fern. So durchzogen grelle weiße Adern den Himmel, jedes Mal schnitten sie ihn auf und brachen ein Stück der Finsternis aus ihm heraus. Der Regen wurde stärker und hämmerte auf die Fenster und Dächer ein, es knackte und prasselte, es gab keine Ruhe, alles war aufgewirbelt. Verwelkte braune Blätter flogen in riesigen Ansammlungen durch die Luft, blieben an dünnen Ästen aufgespießt zurück oder flogen weiter in die Nacht hinaus. Ich weiß noch ganz genau, wie mein Herz, als ich am Fenster stand und den Wasserkristallen beim Zerspringen zusah, schneller schlug als sonst, nur nicht vor Aufregung. Mehr war es ein Gefühl der Verbundenheit. Es war wie eine Symbiose, die die Dunkelheit und ich eingingen. Jeder Tropfen, jedes verlorene Licht im Schwarz der Nacht sprach zu mir, leise flüsterten sie im Aufbrausen des Windes, der über das Land zog. Ich konnte sie jede Nacht hören, auch wenn kein Sturm war. Sie sprachen zu mir, zeigten mir ihre Ansichten, ihre Gefühle, eine verborgene Welt im Inneren der Nacht. Nun schlummert die Dunkelheit auch in mir, machte mich zu dem, was ich bin. Eine Ansammlung reiner Energie, die auf einer Kugel lebt, die sie selbst nie gesehen hat. Wie die Gezeiten verändert sich alles um und in einem selbst. Der Körper, er ist das Erste, was zerfällt, danach wird der Geist folgen, nur eine Energie kann lange erhalten bleiben, bis auch sie verschwinden wird. Ein Kreislauf von Neuem und es gibt keine Chance, ihm zu entfliehen. Ich muss es wissen, denn ich habe es versucht. Aus dieser Welt gibt es kein Entkommen, nicht heute und auch nicht gestern. Darum nutze ich den einzigen Zweck, den ich finden konnte, und bringe zu Papier, was ich bin. Zwischen Licht und Schatten steht jemand. Der Erste, dem es gelingt, zu verbinden, was sich trennt. Zu einem, was zusammengehört und vergessen wurde.

Sie

So wie sie ist mit mir

Eine Geschichte auf dem Ast eines sich unter dem Gewicht der darauf befindenden Person schon gefährlich nahe dem Erdreich entgegenstreckenden Baumes zu beginnen ist eine eher unkonventionelle Art, eine Idee erzählen zu wollen. An diesem fast schon lästig schönen Tag saß ich auf diesem Baum, welcher genauer gesagt ein Kirschbaum war. Die Wolken am Himmel formten sich in aller Ruhe vor den Augen der Menschen, die in dieser kleinen Stadt lebten, zu den absurdesten Gestalten. Vorausgesetzt, man wollte sie sehen. Ich wollte das nicht. Die Menschen streben immer in allem das Gute und Schöne an. Das sehen, was sie selbst, so glaubten sie, befriedigt und besänftigt. Getragen werden im Strom der Schönheit, von den Wellen der Ästhetik umspült werden. So glaubten sie, sei es einfach, ja geradezu unausweichlich, positiv zu sein und auch zu bleiben. Negativität wird dem Schlechten und Unerwünschtem zugeschrieben. Ich selbst weiß nicht, ob ich in dieser ach so in Schemata denkenden Welt nun negativ oder positiv bin. Ich bin so wie ich bin. Ich denke so, wie ich will. Ich sehe, was ich sehe, und mache meistens was ich machen will. Frei von jeglichen Werten an oder über andere Menschen. Ich sitze hier nur auf einem Ast und denke. Während ich denke, fällt mein Blick gelegentlich auf die Dinge, die mich hier in dieser Szenerie umgeben. Ich schaue ... Ja, ich sehe etwas, was meinen so schön geglaubten Gemütszustand in Windeseile durcheinander bringt.

Während mir ein sanfter warmer Windstoß die Haare vor die Augen warf und mir für wenige Augenblicke die Sicht auf diese Welt nahm, musste ich an das denken, was mir soeben wie eine Fliege bei Fahrtwind ins Auge stach. Ich hob meine rechte Hand und strich mir die Haare wieder aus dem Gesicht. Da war es. Es lag einfach da. Da unter meinen in der Luft baumelnden Füßen zwischen Grashalmen und ein paar Gänseblümchen. Ich sah es an. Erst ein paar Sekunden, dann eine ganze Minute. An was ich dabei dachte, weiß ich bis heute nicht. Vielleicht an den grässlichen Schmerz, welchen ich diesem Gegenstand da indirekt zu verdanken hatte. Oder aber vielleicht an die schon längst verlorenen schönen Tage, welche im Tresor der Vergangenheit lagen und dort verstaubten. Am tragischsten glaube ich aber ist, dass ich an sie dachte.

Einige Zeit später fand ich mich auf den Straßen meiner Wohnsiedlung wieder. Die Sonne brannte nun regelrecht vom Himmel auf den Straßenboden nieder und ließ den Teer an einigen Stellen gummiartig weich werden, sodass man sich bei jedem Schritt fragen musste, ob man nicht auf einem riesigen Kaugummi spazieren würde. Die Schornsteine pusteten zu dieser Zeit keinen Qualm aus. Nur das Knistern und Brutzeln der im Vorgarten grillenden Familien ließ einen noch diese sonst viel zu saubere Luft ertragen. An den Gartenhecken vorbeilaufend hörte ich die Vögel ihre Lieder immer wieder von Neuem anstimmen, so als ob sie noch niemand jemals vernommen haben könnte. Ich wollte mich ablenken und einen Blick in die Gärten werfen. Doch leider wurde mir dieser Einblick in das Leben der anderen verwehrt. Ihre riesigen akribisch zurechtgeschnittenen Ligusterhecken türmten sich vor mir auf wie eine unüberwindbare Mauer und nahmen mir meine so schön geglaubte Ablenkung vor der Vergangenheit, die mich in meinen Gedanken verfolgte. Der nun schon nicht mehr ganz so warme Sommerwind legte mir meine krausen Haare erneut in mein Gesicht. Sie kitzelten mich an der Nase und ich sah mich gezwungen, sie wieder zur Seite zu streichen. Als ich das tat, fiel mir auf, dass ein paar wenige meiner mir so vertraut vorkommenden Haare durch den langen Sommer ein wenig heller geworden waren. Sie waren nun nicht mehr dunkelbraun, sondern glichen vielmehr nassem Sand, der sich in der Sonne spiegelt. Um genau zu sein, sahen sie aus wie ihre. Sie schimmerten im Licht der am Himmelszelt bereits tiefstehenden, glühenden Sonne. Langsam setzte ich einen Fuß vor den anderen, an einigen Stellen gab der wegen der Hitze weiche Boden nach. Es war wie durch ein Moor zu waten, den Blick auf die nächsten zwei bis drei Schritte gerichtet, und trotzdem gab ich nach und schaute zurück, weiter als ich sollte. Mein Blick fiel auf die Motorhaube eines Volkswagens, rot, silberne Felgen und eine lächerlich aussehende, zehn Zentimeter große Actionfigur von Captain America. Doch was mich wirklich aufsog und vollends vereinnahmte, war das gleichmäßige Flimmern, dessen Schlieren verblassten, der Hintergrund wurde unscharf, nur noch blau.

Ich erinnerte mich an die Wellen am Strand, die wir gesehen hatten, als wir das letzte Mal zusammen im Ausland waren. Wir fuhren damals an das Mittelmeer. Sie wollte damals immer dorthin. Da ich selbst nicht besonders viele Wünsche hatte und es mir recht egal war, wo wir unsere gemeinsame Zeit verbringen würden, willigte ich ohne Wiederrede ein.

Nicht einmal einen anderen Wunsch oder besonderen Vorschlag hatten mir meine eigenen Vorstellungen oder Träume zu bieten. So fuhren wir also ans Mittelmeer. Es war der 19. Juli im Jahr 1998. Die Sonne stand hoch am Himmel und keine einzige Wolke war zu sehen. Das Tiefblau des Himmels legte sich wie eine große Kuppel über alles

Ersichtbare hinweg. Es schien, als ob man aus dieser Welt nicht hätte heraustreten können. Ich starrte verträumt in den Himmel und versuchte verzweifelt irgendwelche Makel oder Unreinheiten ausfindig zu machen, aber egal, wie sehr ich die Kuppel anstarrte, sie wollte nichts als Blau offenbaren. Urlaub, das hieß Sachen packen, Geld abheben, der Nachbarin vermitteln, sie solle sich doch um die drei Pflanzen im Haus kümmern, solange man weg sei, und so weiter. Schätzungsweise um die Mittagszeit herum war dann alles erledigt und wir konnten in unserem Auto losfahren. Es war ein alter VW- Bulli, hellblau lackiert, T1-Modell, 1965er Jahrgang und sie liebte ihn, wahrscheinlich mehr als mich. Sie hatte nachträglich darauf bestanden, noch einige mandalaartige Blumen über den Lack malen zu dürfen. Ich hatte nichts dagegen. Mir war es im Allgemeinen auch egal, wie das Auto aussah, aber ich konnte mich daran erfreuen, wie sie, immer wenn sie mit den anderen über ihr Auto sprach, fast vor Euphorie und Stolz platzte. Dann lächelte ich hin und wieder auch ein wenig. Nach mehreren Stunden Autofahrt, in welchen wir nur wenige Worte gewechselt hatten, kamen wir an der Côte d'Azur an. Es war immer noch sehr heiß und da die Klimaanlage des Autos auf der Hälfte der Fahrt ihren Geist aufgegeben hatte, waren wir beide schweißgebadet. Sie meinte daraufhin, dass sie jetzt unbedingt mit mir zusammen im Meer baden wolle und wie sehr sie das glücklich machen würde. Ich weiß nicht, wie glücklich sie gewesen wäre, wenn ich ihr diesen Gefallen erfüllt hätte. Ich wusste nicht einmal, ob sie mich damals wirklich gemocht oder geliebt hatte. Zwar sagte sie mir das mit regelmäßiger, hochfrequentierter, Häufigkeit aber diese Worte drangen nie ganz bis zu mir durch. Es fühlte sich an, als ob der Zauber dieser eigentlich so schönen Wörter auf dem Weg zu mir seiner Magie beraubt worden wäre und als ein gestaltloser, sinnfreier Klumpen

Buchstaben bei mir landet. Trotzdem konnte ich ihre Traurigkeit nach meiner Ablehnung ihres Wunsches irgendwie spüren. Nicht, wie man Trauer oder Mitleid empfindet, aber es war etwas passiert. Da ich vermutete, dass ich ein schlechtes Gewissen bekommen haben könnte, lud ich sie am nächsten Tag in ein Café ein und bestellte zwei Espressi und ein Stück Kuchen, das wir uns hätten teilen sollen. Ihre Stimmung schien mir wieder besser zu sein und ich fragte sie, wie der Kuchen schmeckte. Sie zog eine Augenbraue nach oben, die Augen in den Himmel vertieft, eine wohl überlegte Pause eingesetzt, bis sie antwortete, dass er ganz gut sei und ich ihn doch auch einmal probieren sollte. Ich nahm meine Gabel und trennte ein Stück ab. Es schien ein Marmorkuchen zu sein. Ich sagte zu ihr, dass ich ihn auch ganz gut fände und wir schwiegen gemeinsam eine Weile. Ich liebte die Ruhe und wollte gerade in meine Gedanken eintauchen, während ich einem Spatzen beim Waschen am Brunnen uns gegenüber zusah, als sie mich fragte, ob wir denn nicht nachher noch zusammen ins Wasser gehen wollen. Da ich gestern ja schon abgelehnt hatte und mich gedrängt sah, sie zu besänftigen, überlegte ich angestrengt in die eine und andere Richtung. Sie tat nun so, als ob ich gestern wohl zu müde gewesen wäre und deshalb keine Lust gehabt hätte. Wir wussten beide, dass das nicht der Fall war. Ich überlegte eine Weile, bis ich mich dazu entschied, mit meiner Gabel ein Stück des Kuchens abzutrennen, um mir noch etwas mehr Zeit zu verschaffen. Ich dachte nach und schlussfolgerte, dass ich nicht noch einmal ablehnen konnte. Ich sagte ihr so etwas wie „bestimmt" oder „ja später", um sie vorerst zu besänftigen und ihr das Gefühl zu geben, ich würde es gerne machen. Wir saßen und schwiegen uns noch ein wenig an, bis der Kuchen aufgegessen und der Espresso leer getrunken war. Dann machten wir uns auf den Weg zum Auto. Der Weg dahin erwies sich als sehr lange, denn bis auf die endlosen Weiten violettfarbener Lavendelfelder, welche sich unter der Hitze der Sonne schon fast ihrer Farbe entledigt sahen und den schrillen Klängen der Zikaden, die an den vielen Kiefern ihre Lieder zum Besten gaben, passierte nicht viel. Gesprochen hatten wir kaum. Einmal machte sie eine Bemerkung über den Duft des Lavendels, der uns umgab und sie, wie sie sagte, schon fast ein wenig paralysierte. Ich antwortete darauf nicht ernsthaft, denn mein Blick blieb, gerichtet auf das große blaue Himmelszelt, an dem sich nur eine kleine Wolke befand und vorbeizog, kleben, sodass ich ihr nicht einmal zuhörte. Mich störte das nicht und sie ebenso wenig. Es war ja nie anders gewesen. Auf ockerfarbenem Sand im Vordergrund vor all der Pracht des endlosen Himmels stand unser VW-Bulli. Er sah, so ganz einsam, wie er dastand, schon fast aus wie ein Stillleben. Tief dunkelblauer Himmel, ein unendlicher Horizont, getragen von den leichten Wellen des Meeres, welches im Schein der Sonne wie abertausende Kristallsplitter glitzerte und funkelte. Ein strahlend weiß und beigefarbener weicher Strand mit leicht ansteigendem Umland gezeichnet von Olivenbäumen und Kiefern bis hin zu unserem Auto, welches in der Hitze der Sonne auf orange-ockerfarbenen Boden verblasste. Selbst die von ihr gemalten bunten Blumenmuster verloren im Licht der Sonne ihren Glanz und wirkten ganz matt und müde. Sie war die Erste am Auto während ich noch ein wenig verträumt und gefangen dem Bild der Landschaft hinterherlief. Am Auto angekommen deutete sie mit ihrem nervösen Blick und einer Geste, die ich nicht identifizieren konnte, an, wie langsam ich gewesen sei.

„Ich war die Erste", sagte sie mit einem euphorischen Unterton, der schon fast ein bisschen wie eine Herausforderung klang. Ich hatte mir abgewöhnt, auf derartige Äußerungen einzugehen, jedoch musste ich mir selber eingestehen, dass es mich störte. Sie schloss das Auto auf, die Schiebetür öffnete sie gewohnt gewollt elegant mit zwei Fingern, ihr Ehering glühte golden an ihrem Ringfinger, wie heiße Kohlen in einem Lagerfeuer es tun. Sie kramte ein wenig in dem Gepäckgerümpel auf der Rückbank herum, zog eine alte verblasste und matte Lederhandtasche hervor. Auf ihr waren gestickte Symbole, die auf den ersten Blick aussahen, als ob sie von einer Pfadfinderin hätten stammen können. Sie war niemals bei ihnen gewesen. Ich sprach sie darauf an, sagte ihr, wie sehr sie mich daran erinnerte und wie witzig ich das fände. Ein kühler Blick, der nicht in diese glühende Umgebung zu passen schien traf mich, ohne dass sie etwas dazu sagte oder etwas erwiderte. So schwieg ich auch. Wie immer, wenn ich diesen Blick abbekommen hatte. Langsam öffnete sie den Reißverschluss der ledernen Tasche. Heraus kamen vorwiegend bunte Kleider ein paar Schuhe, mit denen man auch gut hätte ausgehen können, und schließlich ein Bikini. Er war weiß und trug eine hellgrüne Musterung, die etwas Florales an sich hatte. Er war knapp geschnitten, hatte einen weiten Ausschnitt, der ihre schönen Brüste schmeichelnd umgab und einen starken Kontrast zu ihrer gebräunten Haut erzeugte. So wie sie dastand in ihrem Bikini, barfuß im ockerfarbenen Sand, die Kleider in ihm verstreut vor der entleerten Ledertasche, überkam mich ein Gefühl des Schmerzens. Es bohrte sich in meine Brust. Die Sonne brannte auf mein Gesicht und das Surren der Zikaden wurde beinahe unerträglich. Ich sah sie an, ein Vogel zog seine Kreise in der Luft und ich konnte das Meer an den Klippen brechen hören.

„Willst du dich nicht auch umziehen?"

„Ich denke schon", entgegnete ich gleichgültig und lief zu ihr ans Auto. Als ich neben ihr stand, legte sie mir eine ihrer zarten Hände auf meine Schulter, sie waren ruhig und warm, ihr Ehering hingegen war heiß, sodass er bei ihrer Berührung sich in mein Fleisch zu brennen schien.

„Ist alles in Ordnung?" fragte sie mich mit einem ungewohnt verständnisvollen Unterton, den ich zuletzt vor Jahren vernommen hatte. Ich antwortete mit einem unkontrollierten wilden Nicken, zog meine Badehose an und rutschte in meine sandigen Badesandalen. Dann fragte sie mich dieselbe Frage noch einmal, diesmal energischer, jedoch immer noch sehr ruhig. Ich wollte antworten, konnte es aber nicht. Stattdessen entstand in meinem Kopf ein nicht lösbares Wortgeflecht, die Hitze war unerträglich, das Rauschen des Meeres schlug um in ein Krachen und Brechen der Wellen. Als der Sand zu Staub und so glühend heiß und trocken wurde, bis ich keinen Zentimeter mehr weiter hätte gehen können. Plötzlich umklammerten mich zwei Arme, ein halbnackter Körper berührte meine Haut, es war ihrer. Finger, die sich zart auf meiner Haut ab und auf bewegten. Ich hörte ein Schluchzen, spürte, wie nasse Kristallkugeln auf meinem Rücken aufschlugen und langsam an ihm herunterliefen.

„Es tut mir leid."

„Mir tut es leid", schluchzte sie leise, fast unhörbar in die Weite der Landschaft hinaus, bis in meiner Welt alles zum Stillstand kam. Kein Rauschen mehr, kein Surren und Zirpen, nicht mal meinen eigenen Atem konnte ich mehr spüren. Mir war weder warm noch kalt noch vermochte ich zu diesem Zeitpunkt zu wissen, wer ich war. Ich küsste sie, erst auf ihren Hals, dann die Lippen. Eine Träne glitt meine Wangen abwärts bis zu meinem Kinn, wo sie sich in den Barthaaren verfing. Wir standen eng umschlungen noch gut eine Stunde an diesem Ort. Es war eine Ewigkeit, welche schon nach wenigen Momenten vorbei war. Nur wir zwei gefangen im Loch der Zeit. Als sich unsere warmen klebrigen Körper voneinander trennten, sah ich ihr tief in die Augen. Es waren nur wenige Sekunden, die ich gefesselt und gebannt in das weite Grün saftiger Wiesen blickte und es von einem Wimpernschlag ihrerseits unterbrochen wurde. Sie fasste behutsam meine linke Hand und umklammerte sie so, wie sie es vor Jahren zu tun pflegte. Danach liefen wir beide, Hand in Hand, die engen Dünen zwischen den Olivenbäumen und Akazien hinunter. Das Meer spiegelte uns schon von weitem rosarot entgegen und man konnte leise das Rauschen der Wellen auf dem Sand hören. Die Sonne war schon zur Hälfte in den Fluten untergetaucht und entsandte ihre letzten warmen Strahlen auf das trockene Land, bevor sie hinter dem Horizont erlosch und die ersten kleinen stecknadel-großen Sterne aus dem Dunkelblau des Himmels hervorsprossen. Meine Gedanken verloren sich mit der Strömung des Meeres und vermischten sich mit dem Säuseln des Abendwindes. Sie saß auf einem orangefarbenen Handtuch, das linke Bein über das andere geschlagen, und blickte in den vor lauter Sternen leuchtenden Nachthimmel hinaus, als suche sie etwas. Ich sah sie eine Weile an, ihre braune Haut passte sich dem immer noch warmen Sand an. Ich wollte weinen, aber etwas in mir hielt mich davon ab. Ich wünschte, ich hätte es getan, und wenn es auch nur eine Träne gewesen wäre dachte ich. Es sollte nicht sein. Am nächsten Tag fuhren wir drei Tage vor dem eingeplanten Rückreisedatum nach Deutschland zurück. Ich fing wieder an, im Auto zu rauchen, bis sie das Fenster öffnete und ich mich erinnerte, wie wenig ihr das zu gefallen schien. Stunde um Stunde wurde sie mir auf der langen Autofahrt fremder und ich ihr. Wir hatten seit gestern Abend kein Wort mehr miteinander gewechselt, uns nicht einmal in die Augen gesehen. Es war eine erdrückende Stimmung, aber ich konnte fühlen, wie der Druck in meiner Brust abnahm und ich Fragmente der Trauer verlor und wieder Freiheit erlangte. Am selben Abend kamen wir in Deutschland an. Es war der letzte Tag, an dem wir uns sahen.

Asche

Ich starre an die Zimmerdecke. Genauer gesagt blicke ich in das Licht einer verdreckten Glühbirne, die an zwei weißen Drähten, wenige Zentimeter entfernt von einem Holzbalken, hängt. Aus dem Augenwinkel sehen diese zwei Drähte aus wie zwei weiße Schlangen, die sich um einen kleinen Feuerball schlängeln. Es ist warm in dem Raum. Vor einigen Stunden noch hatte ich den Ofen gesäubert, den Ruß und die Asche in einen Blecheimer befördert und nach draußen gebracht, wo sein Innenleben herrlich mit dem weißen Schnee kontrastierte. Ich warf die Asche in Richtung des Waldes und sah ihr hinterher, wie sie graue und schwarze Schatten auf den schneebedeckten Flächen hinterließ. Es sah so surreal aus, wie der Schnee sich schwarz färbte, als sei man auf einem anderen Planeten an einem entfernten Ort, zu dem niemand gelangen könnte außer ich. Ich trat ein paar Schritte zurück, der Wind hatte gedreht und blies mir die kalten kleinen Eiskristalle in mein Gesicht, auf meinen nackten Oberkörper. Anfangs genoss ich das Prickeln auf der Haut, den kalten Glanz des Eises, bis es zu Wasser wurde und auf meine Füße tropfte. Langsam wurde es kalt und der absurde Anblick der Asche war schon längst verflogen und von neuem Schnee überschattet. Ich ging zurück ins Haus, durch die Türe, die Treppen hinauf in mein Zimmer, zurück an den Ort, an dem der Ofen stand und nur drauf wartete, ein großes Feuer zu schlucken. Zufrieden blickte ich mich in dem Raum um, in welchem nicht mehr stand als ein Bett, eine alte Kommode und der Ofen. Viel war es nicht, aber es reichte, um sich wohlzufühlen. Draußen blies der Wind immer heftiger gegen die dünn ausgebauten Wände. Ich schloss die Fensterläden, sie waren hellblau und knallten alle paar Sekunden gegen die Hauswand, also legte ich eine Schallplatte einer Band auf, die ich nicht kannte. Sie war ein Geschenk einer früheren Freundin gewesen und ich hörte sie zum allerersten Mal. Ich wusste, warum. Die Zeit ist das einzige Medium, das uns durch seine Relativität eine Lücke zwischen der Vergangenheit und der Zukunft schafft, und wir diesen, als Moment spüren können. Sowie jede Erinnerung nur ein Bruchstück dessen ist, von dem wir glaubten, es sei die einzige unverfälschte. So kann ich nicht anders und muss an sie denken, sobald ich diese Platte sehe. Selbst die Fensterläden sehen aus wie die aus dem Haus ihrer Eltern, in welchem ich mich noch nie wohl gefühlt habe. Es lag mit ziemlicher Sicherheit nicht an ihr, vielmehr an demjenigen, welcher ich in jener Zeit für sie war. Ich habe mir keinen Gefallen daran getan, mich aufzugeben und den Seiten der Ignoranz hinzugeben, nur aus dem schlechten Gefühl heraus, meine erste große Liebe einfach so fallen zu lassen. Dabei hatte ich jedoch auch vergessen, wer ich selbst war.

Am Tisch

Der Bildschirmschoner meines Laptops zeigt mir eine Bucht in Süditalien an. Es ist die einzige Lichtquelle in diesem Zimmer. Mindestens zwei Meter entfernt sitze ich auf einem Stuhl, den ich ungemütlich aber hübsch finde. Die Beine weit nach vorne gestreckt und den Kopf habe ich in den Nacken gelegt. Ich habe Schmerzen. Es ist schon lange Nacht in diesem Haus, wie lange sie schon draußen eingekehrt ist, bleibt für mich jedoch unklar. Seit nun vier Tagen habe ich mein Haus nicht verlassen. Und seit 20 Stunden habe ich diesen Stuhl nicht verlassen, den ich eigentlich so hasse, aber hübsch finde.

Ich kann mich noch an die vielen gelben Blätter auf den Gehwegen erinnern, begleitet vom milchigen Licht der Sonne, als ich noch draußen auf sie wartete. An einer alten Laterne, deren Licht schon lange erloschen war, trafen wir uns regelmäßig. Ich war immer der Erste. Solange ich wartete rauchte ich, pustete den kalten, weißen Rauch in die letzten Strahlen der Sonne und beendete dieses Ritual mit dem Eintreffen ihrer Person. Sie lief immer langsam, stets elegant und auch bei Kälte im Rock und einer braunen Jacke, die ihre kastanien-roten Haare glänzen ließ. Träumerisch küssten wir uns, um dann gemeinsam Hand in Hand spazieren zu gehen. Wir erzählten uns Geschichten, besuchten Buchhandlungen und alte Cafés. Danach schliefen wir bei mir oder bei ihr. Es war sinnlich, ihre Tapete war mir mit der Zeit vertrauter geworden, sowie ihr Geruch, er hatte sich bereits in meinen Haaren und Kleidung verfangen. Ich war jeden Tag von ihr umgeben. Wie sagten nie, was wir für den anderen empfanden, es war einfach so. Eines Morgens stand ich auf, sie war bereits weg. Daraufhin lief ich in die Küche, doch da war sie nicht. Ich ging ins Bad, um nachzusehen, konnte aber bis auf meine umrissene Gestalt im Spiegelbild keine Spur von ihr erkennen. Ihre Schuhe, Jacke und Schmuck, alles war weg. Mich überkam eine Vermutung, mehr eine Intuition, deren Ursprung ich noch begreifen sollte.

Ich rannte in Shorts und Nachthemd zum Bahnhof und sah ihr hinterher, als sie einstieg. Ihr Blick traf mich und sie unterdrückte eine Träne. Oder zumindest habe ich mir das erhofft. Vielleicht, um besser mit dieser Schuld leben zu können. Ich wollte etwas sagen, wollte, dass sie zu mir kommt, aber es war zu spät, der Schaffner pfiff und sie blieb im Zug.

Jetzt sitze ich hier, starre die Wände meines Zimmers an, in grellen Farben gestrichen, gekachelte Muster, von denen ich nun schon jeden Quadratzentimeter auswendig beschreiben könnte. Sie war für immer weg.

Ich habe ihr alles gesagt und sie mir. Aber die letzten drei Worte bleiben mir im Halse stecken.

Schlange

Ein hauchdünnes seidenes Kleid, verwoben und geflochten. Applikationen von abertausenden kleinen und größeren Kristallsplittern klebten an ihr und ließen sie im Licht der Sonne funkeln so wie ein unendlich feingeschliffener Brilliant. Geräuschlos glitt dieser kristallene Körper über den Untergrund und hinterließ nur geringfügig Spuren auf ihm, so als ob er nie da gewesen wäre. Am Ende seines Rumpfes befanden sich zwei Smaragde, die sanft in den Höhlen des Schädels eingebettet waren. Unzählbar viele Grüntöne sammelten sich in den endlosen Tiefen des Smaragdes an. Sie schienen tausende Kilometer weit zu führen, hinzu zu Orten, bei denen noch kein Mensch je einen Fuß aufgesetzt hatte. Schwärze, scharf geschnitten. Im Zentrum der glitzernden Augen vermochte alles verschluckt und nie wieder ausgespuckt zu werden. Ein schwarzes Loch, dessen Gravitation selbst das hellste Licht nicht entweichen lässt. Als ich sie sah, erhaschte ich nur einen kurzen Blick in diese mich später so zersetzenden Augen. Ich wusste, wer ich war. Doch ich weiß nicht, wer sie eigentlich ist. Betäubt von ihrer Schönheit ließ ich mich und was ich liebte zurück und verbarg, wer ich war. Gefangen in ihrem Antlitz wusste ich nicht zu widerstehen. So tauchte ich ein in das, was mich mein Selbst verlieren ließ und mich in Ketten legen sollte. Verloren im Rausch der Triebe und beinahe erstickt im Strang täuschender Worte, die sich immer fester um meinen Hals schlängelten und mir all meine Luft zum Atmen nahmen. Keuchen, Flehen zu einem Gott, den ich nicht spüre. Nichts konnte ich mehr sagen oder tun, was ich begehrt hätte. Unaufhörlich suchten mich falsche Gefühle und Lügen heim, die mich nicht loslassen wollten. So ließ ich los. Ich ließ los und befreite mich von all dem Falschen und dem täuschenden Deckmantel der Befriedigung, unter welchem ich langsam zu verwesen begonnen hatte. Ich wusste, ich war nun jemand anderes. Ein Jemand unter vielen, die vor mir da waren und nach mir noch existieren werden. Doch so sicher die Sonne jeden Tag aufgehen und die Welt in ein Kleid der Wärme hüllen wird, so sicher werden mich diese zwei grünen Smaragde bis zum Ende verfolgen wie zwei große glühende grüne Sonnen, die in meiner Brust brennen und mich tagein, tagaus an den Schmerz von damals erinnern werden.

Zwei Mal verloren

Flach, den Kopf in die Daunen und Federn gedrückt, klebt er in seinem Kopfkissen. Das Atmen fällt ihm schwer, er ist Raucher, trinkt aber keinen Tropfen Alkohol. Noch vor vielen Jahren tat er das. Nur gelegentlich versteht sich. Er war kein Trinker, hörte aber trotzdem auf, weil er verstand, dass es ihm nicht guttat. Sonst hatte er nicht viel mit Drogen gemeinsam. Ein- oder zweimal hatte er gezogen. Kokain. Es war von einem alten Holztisch in Kanada auf einer Berghütte in den Rocky Mountains. Kein kristallklarer gläserner Tisch, keine Kreditkarten, auf denen Millionen schlummerten und auch keine Mafiabosse in dubiosen Anzügen und dunklen Sonnenbrillen. Nur ein paar Elche, viel Schnee und Bäume. Es hatte ihm Spaß gemacht, aber nicht so sehr, dass er es öfter hätte praktizieren wollen. Cannabis hatte er ausprobiert, das auch öfter, aber irgendwann hatte er den Spaß und Bezug dazu verloren.

„Verloren"…

Das war ein gutes Schlagwort. Prägnant und seiner aktuellen Lage entsprechend. Er erhob seinen schweren Kopf aus den weichen Kissen, setzte sich auf und lief zu seinem Schreibtisch. Wie lange es wohl her sein mochte, seitdem er das letzte Mal etwas zu Papier gebracht hatte. Er überlegte, viele Monate oder sogar Jahre seit dem letzten Mal. „Verloren" also sollte es sein. Langsam formten sich Satzstrukturen in seinem Kopf zu Wortgeflechten, Wörter flogen wild durcheinander und landeten in neuen lyrisch anspruchsvolleren Sätzen nebeneinander. Er war begeistert, wie viel ihm gerade in den Sinn kam, um über diese Thematik zu schreiben. Um seine Euphorie nicht unkontrolliert schon nach den ersten Absätzen verbraucht zu haben, wartete er erst einmal ab. Nur um sicher zu-gehen, nicht nur einen kurzen kreativen Moment erwischt zu haben. Entweder ganz oder gar nicht. Er kramte einen alten Aschenbecher, schwarz lackiert und tönern, aus der obersten Schublade seines Schreibtischs, moderner Jugendstil, und stellte ihn neben sich auf die Arbeitsfläche. Er war nicht ganz sauber und führte noch den Zigarettenabfall, die Asche der letzten Jahre in sich. Kein Mensch würde so vernünftig arbeiten können, denn das Chaos braucht einen geordneten Raum, um sich zu entfalten. Er erhob sich aus seinem Stuhl und lief in die Küche, den Aschenbecher in der linken und seine Lesebrille in der rechten Hand. Am Waschbecken säuberte er den Aschenbecher gründlich mit Seife und einem Schwamm, bis er vor Sauberkeit glänzte. Die Brille putzte er gerade, da er ohnehin schon dabei war, auch noch mit einem Lumpen sauber, sodass nicht das kleinste Staubkörnchen übrigblieb. Dann legte er sie vorsichtig auf den Tisch im Esszimmer, um sich noch ein Glas Wasser einzuschenken. Dazu kam er allerdings nicht, denn als er den Flaschenhals bereits am Glas hatte ansetzen wollen, klingelte es an der Haustür. Wer würde es wagen ihn in seiner kreativen Arbeitsphase zu stören, nachdem er Monate, Jahre nur darauf gewartet hatte. Jetzt hatte er alles zusammen, die Gedanken, die Gefühle und den Antrieb. Er stellte die Flasche auf den Tisch, das ungefüllte Glas neben sie und ging zur Tür, an der es schon zum zweiten Mal läutete. Mit leicht erregter Miene, die Stirn lag in Falten, riss er abrupt die Türe auf, an den Glauben gefesselt, den Postboten oder einen unangenehmen alten Bekannten vorzufinden, der nur wieder Geld wollte. Sein ärgerliches „Ja, was wollen Sie" blieb ihm jedoch im Halse stecken, als er erkannte, dass es sich um seine alte Freundin aus Schulzeiten handelte, die sich ihm schmeichelnd um den Hals warf. Ihr leichter geschmeidiger Körper schlang sich um ihn wie eine gutsitzende Jacke. Ihre leichte Duftnote nach Portwein, welcher sich mit ihrem blumigen Parfüm vermengte, störte ihn keineswegs. Sie trug eine helle Jeansjacke, weiße Ballerinas und darunter ein schwarzes kurzes Kleid, das ihrer schmalen, aber kurvigen Figur sehr schmeichelte. In der einen Hand hielt sie eine Packung Schokolade und in der anderen einen Autoschlüssel. Er sprach sie nicht darauf an, ob sie noch hätte fahren sollen. Sie hatte es ja ohnehin schon getan. Er umarmte sie, sie gaben sich zwei Küsse auf die Wangen, wie es sich auch im Herzen Frankreichs gehörte, und er bat sie in sein Haus. Sie tauschten sich über einige belanglose Themen aus. Seine Geschichte hatte er bereits vergessen. Es waren entweder die letzten gescheiterten Beziehungen, die letzten schwereren Erkrankungen oder vergangene Urlaube mit Freunden in fernen Ländern und exotischen Früchten. Sie tranken Espresso und aßen Windbeutel, die er noch zufällig in seiner Gefriertruhe gefunden hatte. Das Verfallsdatum war bereits dreizehn Monate überschritten, aber sie schmeckten wie immer und es fiel ihr nicht weiter auf. Die Konversation fing mit Voranschreiten des Gesprächs an, sich zu intensivieren. Der Espresso hatte beide wacher gemacht. Sie rutschten näher aneinander. Sodass sich ihre beiden Knie leicht berührten. Das Gespräch handelte nun von der Karriere, wilden Afterpartys junger Dreißigjähriger in schicken Abendkleidern und dem Sex danach. Sex mit jungen Leuten, jünger, als sie beide waren. Er sah ihr direkt in ihr Gesicht, sah, wie sie auf der Unterlippe einen kleinen Riss direkt in der Mitte hatte, der dunkelrot unter ihrem blassen Lippenstift hervorstach. Er bemerkte, dass sie sich geschminkt hatte, sogar Kontaktlinsen trug, dass sie keine Brille mit sich führte wie damals. Er hörte ihr zu. Sie erzählte gerade dramatisch wie sie ihr ehemaliger Chef fast befördert hätte aufgrund einer Verwechslung. Er blickte ihr tief in die Augen, diese begannen daraufhin zu funkeln wie kleine grüne Diamanten.

Als er sie mit einem liebevollen Kuss auf den Mund an seiner Haustür verabschiedete, blickte er ihr noch so lange melancholisch hinterher, bis sie hinter der nächsten Ecke verschwand. Ihre Haare wehten zerzaust im Wind und ihre Schminke war verwaschen. Von dem Lippenstift blieb nicht viel übrig. Die letzten zwei Stunden hatten sie in seinem Bett verbracht, sich gegenseitig ausgezogen und geliebt. Sie hatten ihre nackten Körper aneinandergeschmiegt, sich lange geküsst mit der Zunge und den Lippen. Ihre schmeckten immer noch nach Wein, dachte er und sie sagte ihm, dass er, wie schon damals, nach süßem Heu duften würde. Wie das, welches sie von ihrem Zuhause auf dem Hof kannte. Sie liebte es, meinte sie. Es war nicht das erste Mal, sie beide zusammen in einem Bett. Immer wieder, wenn die Zeit und die Gegebenheiten es zuließen, suchten sie einander auf, um eine schwere vergangene Zeit zu verarbeiten. Sie liebten sich auf eine ganz spezielle Weise. Nicht auf die gleiche, wie es Liebende tun, aber auf eine, wie es verlorene Seelen taten. Da war es wieder, „verloren". Beinahe hatte er in all den Business- und Party-Geschichten seine eigene vergessen. Er lief schnellen Schrittes in die Küche, spülte alles ab, machte die Kaffeemaschine aus. Die Espressotassen, den Teller, auf dem die Windbeutel lagen, und wischte den Tisch noch schnell sauber. Er nahm sich ein Glas Wasser, steckte sich seine Lesebrille zwischen seine dunkelblonden gewellten kurzen Haare und lief mit dem Aschenbecher unter dem Arm zurück an seinen Schreibtisch. Im ganzen Haus roch es süßlich, nach Kaffee und nach Sex, wie er bemerkte. Was sie jetzt wohl machen wird, wenn sie zu Hause angekommen ist. Er könnte sie heute Abend ja einfach mal anrufen, sich nach ihr erkundigen oder auf dem Anrufbeantworter eine nette Nachricht hinterlassen, falls sie außer Haus war. Er ließ sich schwer atmend auf seinen Stuhl fallen. Den Aschenbecher platzierte er auf den Tisch in angenehmer Entfernung. Die Brille setzte er auf die Nase und kramte aus einer anderen Schublade als der, wo sich der Aschenbecher befand, nach einem Bleistift. Er fand einen. Es war der Letzte und er war stumpf. Noch schnell einen Spitzer aus dem Nebenzimmer holen, dann geht es endlich los. Hoch frequentierte Schritte hallten durch das Haus, als er bewaffnet mit Spitzer und Stift schnaufend in das Zimmer zurückkehrte. Abermals ließ er sich auf den Stuhl sinken. Er keuchte, da er in das andere Zimmer gerannt war. Sein Herz klopfte, Blut schoss ihm in den Kopf und ließ ihn rot anlaufen. Eine kleine Schweißperle funkelte auf seiner Stirn, bis sie wieder verblasste. Er tastete seine Hosentaschen ab und fand eine Zigarettenschachtel. In goldenen Initialen stand groß und prunkvoll in Serifenschrift geschrieben: „Gold's Tabak and cigarettes". Er öffnete sie elegant und bedacht mit einem Finger, zog mit seinen Zähnen ebenso elegant eine aus der Schachtel. Sie roch nach altem Stroh, herb und süßlich. „Was hatte sie noch gleich zu ihm gesagt?" Er nahm ein Streichholz, das auf dem Tisch lag, und zündete die Zigarette an. Blau-weißer Rauch quoll schwer wie Wasser über seine Lippen aus seinem Mund und stieg langsam, vor seinen Augen, an die Decke des Zimmers. Die Ziffern seiner digitalen Armbanduhr zeigten 16:34 Uhr an und sagten ihm damit, dass es damit bereits höchste Zeit war, noch etwas zu schreiben. Er umklammerte fest seinen frisch gespitzten Stift und drückte ihn behutsam auf das weiße, leere Papier, das ausgebreitet und unschuldig vor ihm lag. Er schrieb und schrieb, schwungvoll, voller Elan. Er verlor sich in wilden Satzstrukturen, gefolgt von Neologismen, die im Strudel seiner Gedanken verloren gingen. Schweißgebadet beendete er seine Arbeit. Die vielen aufgerauchten Zigarettenstummel, welche im Aschenbecher Platz gefunden hatten, zeugten von der harten Arbeit. Es war vollbracht, all seine Hoffnung stand auf diesem Blatt Papier. Er griff zum Telefon, wählte eine ihm bekannte Nummer und wartete. Es klingelte, nach kurzem Warten ertönte eine leise, sanfte Stimme am anderen Ende der Leitung. Es wurde geredet, sehr lange geredet. Als er auflegte, stand in seinem Gesicht der Ausdruck von Freude und Glück geschrieben. Er stürmte zur Tür, zog sich eine Jacke und Schuhe an und fuhr los. Es war nur noch ein Wort zu erkennen zwischen den ganzen durchgestrichenen Sätzen und Buchstaben. Es war ihr Name und darunter ihre Adresse.

Frühsommertage

Wärme, keine Abkühlung, kein Wind. Bis auf siebenundzwanzig Grad kletterte das Quecksilber in den Thermometern der Kleinstadt an diesem Frühsommertag. Die Sonne malte den Himmel in strahlenden blauen Farben an und die Wolken zogen beinahe transparent über ihn hinweg. Aus den Büschen und Birken im Park hörte man das melodische Orchester der Vögel und Insekten, die sich zwitschernd und summend einen denkwürdigen Wettstreit lieferten. Inmitten all dieser Geräusche, zwischen verstreuten Gänseblümchen und hohen Gräsern, die manchen bis an die Oberschenkel gereicht hätten, lagen sie. Nur sie, weit und breit sonst niemand. Auf einer Decke, gelber und orangefarbener Stoff schnitt wie ein Picasso auf einer weißen Wand in das grüne Gras und ließ die beiden hinter einigen Büschen verschwinden. Es war noch nicht einmal elf Uhr. Der Tau, welcher sich über die kühle, klare Nacht auf den Halmen und Blättern abgesetzt hatte, war bereits verschwunden und würde erst wieder in einigen Stunden den Park in einen grauen glitzernden Spiegel verwandeln.

Noch an diesem Morgen, vor wenigen Stunden, saß sie im Zug, ihre zarten Hände in eine Falte ihres blumenbestickten Rocks gelegt, wartend darauf, am Bahnhof anzukommen, wo sie, wie sie hoffte, von ihm abgeholt werden würde, um ihm schließlich in seine Arme zu fallen. Sie vermisste ihn, seinen Duft und seine sanften großen Hände. Vielleicht ein Kuss auf die Wange. Sie würden ganz einfach mit der Straßenbahn zu ihm fahren, die ersten Strahlen der Sonne auf seinem Balkon genießend dasitzen und den Vögeln beim Vorbeifliegen zusehen. Der Dampf des heißen Kaffees würde in den Himmel hinaufsteigen und kurz unter der gelb-weiß gestreiften Markise verblassen. Seine feinfühligen Hände würden die ihren ab und zu berühren, sie stellte sich das Gefühl in ihrer Brust vor, das dadurch entstehen würde und sich auch jetzt schon andeutete.

Die Zeit im Zug erschien ihr wie eine ganze Ewigkeit, in der jede einzelne Sekunde einer halben Stunde entsprach. Zu viele Tage und Wochen waren seit ihrem letzten Treffen bereits verstrichen und die Sehnsucht nach warmen Worten und den Gräsern im Park war bereits unerträglich. Ein kühler Wind wehte durch den kleinen Schlitz eines gekippten Fensters über ihrem Kopf und brachte klare Luft, vermischt mit dem Geruch der umliegenden Wälder und Flüsse, zu ihr herein. Es roch nach feuchtem Moos und kaltem morschen Holz. Sie konnte das Leben in der umliegenden Landschaft, die sie umgab, fast schon spüren, glaubte sie. Hin und wieder spülte der Wind durch den dünnen Spalt des Fensters vereinzelt Pusteblumensamen, wie kleine in weiß gekleidete Quallen tanzten sie durch den ganzen Zug, dem Takt des Windes gleichend. Eine Weile sah sie den auf und ab hüpfenden Kleidern hinterher, wie sie in den Zug hinein-glitten und herumgewirbelt in einem anderen Abteil des Zuges verschwanden. Sie dachte an die Vögel, die in der Kleinstadt am frühen Morgen auf den Stromleitungen saßen, die Köpfe in den weichen Daunen ihres Federkleides vergruben, darauf wartend, der Sonne entgegen-zu-fliegen. Ihren Kopf hatte sie zurückgelehnt und in das Polster ihres Sitzes gedrückt. Die kühle Luft strich ihr durch ihre feuerroten Haare und wirbelte diese in ihr Gesicht. Beruhigt und gefangen, den immer wieder kehrenden gleichen Landschaften hinterher-zusehen, band sie sich ihre Haare zu einem locker gebundenen Dutt. Die Berge hinter den Wipfeln der Bäume wurden kleiner, ihre Spitzen runder, sodass sie die ersten Sonnenstrahlen über die Kronen der Bäume hervorblitzen sah, die sich im Glas des Fensters wiederfanden. Es würde nun nicht mehr lange dauern, bis sie am Bahnhof ankäme, mit dem Gepäck fest umklammert aus dem Zug springen, ihren Freund suchend durch die Menschenmengen finden und sie gemeinsam zu ihm fahren würden. Die Sonne glitzerte in hellen grünen Pfeilen durch die Blätter der Bäume. Sie schloss ihre Augen, dachte an die Zeit, die noch auf sie warten würde, wenn sie sie das nächste Mal öffnen würde, und schlief ein.

Erst durch das schrille Pfeifen des Zuges, der auf den in Bronze glänzenden Schienen immer langsamer wurde und in das Bahnhofsgebäude fuhr, wachte sie auf. Die letzten Stunden hatte sie geschlafen, nicht allzu bequem, wie sie bemerkte, da ihr Nacken ein wenig verspannt war und bei jeder Bewegung zur linken Seite ihrer Schulter einen leichten Schmerz verursachte. Sie sah sich aus dem mit Staub und mit Pollen versehenen Fenster auf dem Bahnhofsgelände um. Sie dachte darüber nach, ob sie sich an ihren letzten Traum erinnern könne, ob sie dazu in der Lage war, noch eine Szene in ihrem Kopf nachzuspielen. In der letzten Zeit, das Zischen des Zuges wurde lauter, hatte sie oft geträumt. Sich allerdings nie daran erinnern können, sie wusste mit absoluter Überzeugung, dass es keine Albträume gewesen waren, und das stimmte sie noch trauriger als die Tatsache des Vergessens. Der Zug kam zum Stehen und man konnte durch das unruhige Gepolter auf den Fluren und Abteilen deutlich wahrnehmen, dass der ganze Zug auf einmal wieder zum Leben erwachte. Koffer und andere Gepäckstücke wurden ruckartig und hastig aus den für sie vorgesehenen Ablagen herausgeholt und mit einem lauten Knall auf dem Boden abgestellt, während das erste Zugpersonal gerade erst aus den sich öffnenden Türen gestolpert, auf dem Bahnsteig ankam. Einige wenige eilten in ungeahnter Geschwindigkeit aus dem Zug, vorbei an den anderen Fahrgästen und verschwanden als bunte Punkte in der Menschenmenge.

Mit dem Gepäck in der linken Hand warf sie noch einen letzten suchenden Blick in ihr Abteil, um sich zu vergewissern nichts vergessen zu haben, das von Bedeutung hätte sein können oder ihr etwas bedeutet hätte. Sie öffnete die gläserne fast kristallene Türe ihres Abteils 5, in dem sie gefahren war, und schritt langsam in Richtung des nächsten Ausgangs, sie stieg aus. Die frühmorgendliche Sonne schlich sich schon bis auf das Dach des Bahnhofsgebäudes und wurde von dessen gewelltem vergilbten Kunststoff gebrochen, es blieb nur ein fahler gelblicher Schleier, der die gesamte Szenerie des Bahnhofes aussehen ließ, als sei man gerade auf einen anderen Planeten gereist. Es ging kein Wind, nicht einmal ein kleiner Luftstoß, sodass ihr blumiger Rock, eng um ihre Beine geschlungen, nicht von der Stelle wich. Der Bahnhof roch beißend nach Urin und Erbrochenem. Ein Schwall Zigarettenrauch stach ihr in die Nase, sie hatte selbst vor Jahren damit aufgehört und empfand diesen nun als sehr unangenehm. Sie sah nach oben, hielt sich die Nase fest zu und versuchte, nur noch durch den Mund zu atmen, bis sie sich an den Geruch hier gewöhnt hätte. Während sie nach oben sah, entdeckte sie die vielen Tauben, die auf den Stahlträgern des Dachs eng aneinander aufgereiht dasaßen und leise vor sich hin gurrten. Neben ihnen hing, in prunkvollen Verzierungen und Metallen veredelt, die Bahnhofsuhr, silbern und golden im gelblichen Licht der Sonne aufleuchtend und für jeden gut erkennbar. Ihre Zeiger leuchteten golden auf dem weißen Hintergrund und zeigten die Uhrzeit 9:13 Uhr an. Es war noch zu früh. Der Zug hatte wohl den Bahnhof vor der vorgesehenen Ankunftszeit erreicht. Sie sah sich um und suchte sich einen in der Nähe gelegenen Sitzplatz, von dem man sehr gut den Eingang hatte beobachten können, um zu sehen, wer hier alles ein und aus ging. Da alle Plätze besetzt waren, lehnte sie sich an einen der Stahlträger in mitten der vielen Menschen. Sie sah die Leute an, ihre Schulter hatte sie gegen den Posten gedrückt, das Gepäck zwischen ihren Beinen verstaut, und sie dachte darüber nach, wohin diese Menschen wohl gehen würden und warum. Sie wusste, es würden nur Mutmaßungen und der bloße äußere Schein ihrer Selbst sein, die sie auf ihre Theorien bringen würden, aber ihr machte das nichts aus. Sie dachte an Liebesgeschichten, das erste Treffen nach langer Zeit, Eltern, die ihre frisch ausgezogenen Kinder besuchten oder umgekehrt. Menschen, die von wilden Feiern in Clubs, noch betrunken von gestern nach Hause fuhren und die ganze Zugfahrt verschliefen. Wer sie wohl waren, diese Menschen, was hatten sie in ihrem Leben schon erlebt. Nicht mal sie wusste alles über sich selbst. Zu viel ihres Seins war auch ihr noch verborgen geblieben und stachelte sie an, immer tiefer zu forschen, wer sie ist. Hätte sie doch nur ihr Unterbewusstsein kontrollieren können, aber das konnte, so nahm sie an, niemand.

Leise begann der Zug, von einem Zischen begleitet, seine Türen zu schließen, der Schaffner pfiff noch ein letztes Mal durch seine Pfeife und der Zug kam wieder ins Rollen. Sie sah den Menschen hinterher, die hinter den Fenstern saßen. Sie brachen auf in ferne Länder oder nur bis zur nächsten Station. Ganz egal, wohin sie auch unterwegs waren, sie alle saßen im gleichen Zug und blickten durch dieselben gläsernen Scheiben. Es wurde ruhig im Bahnhofsgebäude, da die meisten Menschen nun im Zug saßen und nur ein Bruchteil von denen, die vorher noch auf den Bänken und Stahlträgern saßen, hiergeblieben war und mit ihr diese Stille teilte.

Ob sie wohl heute Abend ausgehen würden?

Sie würde sich schon über einen billigen Aufgusskaffee freuen, auf seinem Balkon, der für zwei Menschen beinahe zu klein gewesen war. Gedankenverloren blickte sie ein letztes Mal zu den Tauben in den Himmel, die immer noch dicht aneinandergepresst und mit aufgeplusterten Federn auf den Seilen der Bahnhofsuhr saßen und die Menschen von dort oben zu beobachten schienen. Als sie ihren Kopf wieder senkte, trat eine Person, die Sonne schien in seinen Nacken, immer näher an sie heran. In der linken Hand hielt er eine Zigarette, die rechte war frei und schien nach ihr greifen zu wollen. Er roch nach Kaffee und Rauch, sein Geruch war warm und herzlich so wie seine Hände. Ihr wurde warm und sie fühlte sich gut. Sie tauschten einige wenige Worte aus, ruhig und langsam umklammerte er ihre Hand und sie verließen den Bahnhof im Licht der aufgehenden Sonne, bis sie von niemanden mehr gesehen in die Bahn einstiegen und verschwanden. Es ist eine Geschichte, die sich vor vielen Sommern zugetragen hatte und beständig bis heute ein Teil ihres Lebens ist.

Seerosen

Die Seerosen blühten wie in all den vergangenen Jahren. Jeden Tag saß ich hier und dort, nachsehend und auf meiner kleinen weiß gestrichenen Bank, und blickte über den glatten Spiegel des seichten Wassers und schaute den weiß flimmernden Blüten zu, wie sie sich mit dem Licht des Mondes vereinigten. Sie trugen den Schein ewiger Jugend. Jedoch, wenn man ganz genau hinsah, konnte man in den Konturen ihrer Schatten den wahren Geist ihres Daseins erspähen. Dieser Schatten, welcher wie eine auf den Kopf gestellte Krone, die gefüllt mit tiefster Trauer auf dem Wasser lag, aussah, unterwarf sich dem Glanz des verblühenden Knospenschlosses. Jede Nacht, wenn der Mond über den Dächern der Stadt seinen Platz einnahm, tanzten die Blüten sanft und voll Anmut, ja fast schon schwebend wie kleine Balletttänzerinnen über den Teich. Jemand, niemand Besonderes, hatte mir an einem warmen Tage gesagt, sie stelle sich in diesen Momenten vor, wie sie vor der Jury des Himmels anträten, sie sich einem Duell um die Gunst des Mondes in dieser Nacht stritten, sie würden tanzen, leben und sterben, bis ihre Schönheit von Neuem auferstehen werde. Als sie das zu mir sagte, bewegten sich ihre Lippen kaum, nur ein kleiner ovaler Schatten war zu erkennen, auch sonst blieb sie beinahe unbewegt, nur ihre weißgoldenen Haare ließen mich glauben, die Zeit habe diesen Ort verlassen. An diesem Tag lag der Teich in tiefgrüne und blaue Farben getaucht unter dem Gesicht der Sonne. Eine Linde in der Nähe blühte gerade und wirbelte ihren süßlichen Duft meilenweit über das Land. So vermischte sich das Aroma der Blüten mit dem ihrer Haare, sie dufteten nach Lotus und

Kokosnuss, es war weich und ließ mich die Wirklichkeit für Augenblicke vergessen. Ich konnte meine Blicke nicht mehr kontrollieren, die Partie ihres Halses betörte mich, wie eine kunstvoll geschwungen Statue saß sie da, auf einem gelben Badetuch, das sie von ihrer Mutter geliehen hatte. Die Beine hatte sie überschlagen und sie blickte auf den Teich, überall tauchten die Seerosen aus dem Unterwasserreich auf, um die Wärme der Sonne zu spüren. Ich saß ganz nah bei ihr. Ich wandte meine Blicke nicht mehr von ihr ab, verlor mein Gespür für den Raum. Es war, als bliebe ich in einer endlosen Nacht gefangen, einer Nacht mit der Helligkeit unzählbarer Sterne. Filigran lagen, um ihren Hals gewickelt, mehrere dünne goldene Ketten, die zu Einem mit der Farbe ihrer Haare verschwammen. Sie trug sie, als würden diese sie vor jeder Dunkelheit bewahren und niemals ihr Leuchten verlieren können. Sie glänzten und schmiegten sich um ihren schmalen Hals, gemacht, um dort zu bleiben, gemacht, um dort auf ewig zu verweilen, sie durch die tiefsten Abgründe zu führen und sie zu schützen vor allem Unbehagen und Ängsten. Nach einer Weile, mir kam es vor, als wären es Tage allein mit ihr im Universum gewesen, drehte sie ihren Kopf, ich wurde herausgezerrt aus meiner Geborgenheit. Eine tiefe Unruhe überkam mich, das Licht der Sonne wurde fahl, als ich realisierte, wie meine Vorstellung in diese tiefe unerreichbare Absurdität abgerutscht war, in welcher ich nur sie sehen konnte. Wie konnte ich so naiv sein, zu glauben, mit ihr der Wirklichkeit entfliehen zu können. Oder konnte ich das nicht? Ihre Blicke trafen mich wie Dornen. In klarem weißem Schnee steckten diese riesigen dunklen Bernsteine. Sie schauten mich an, starrten mir tief unter die Haut, zwischen meine Gedanken, ein sanfter Wind wehte, einige Blüten zogen vor mir an ihrem Kopf vorbei. Sie sah aus wie eine Blumenkönigin, die auf die Erde gekommen war, ihr den süßen Duft der Freiheit zu schenken. War das mein Ausweg, der Realität zu entfliehen und ein Leben zu führen fernab der grauen Hochhäuser oder Fesseln, die uns das Leben jeden Tag anlegen wollte? Wir schauten uns an. Sie mich und ich sie. Auf unerklärliche Weise bewegten sich die Bäume um uns herum. Sie kreierten ein Blätterdach über unseren Köpfen, durch dessen Mitte die Sonne, in ihrem Zenit angekommen, hindurchsickerte und ihre goldenen Fäden spannte. Im erblühenden Grün der Blätter wirkte ihr Dasein noch viel intensiver. Harmonischer Übermut wickelte sich wie eine Dornenranke fest um meine Brust, in der meine Lungenflügel zu pochen begannen, gleichsam inhalierten sie ihren Duft, der wie ein Gedicht geschrieben aus der Feder der Natur zu kommen schien. Wie selbstverständlich nahm sie meine Hand und drückte sie fest gegen die ihre, sodass sich unsere beiden Handflächen berührten. Ihre Wärme durchfloss mich wie die der Sonne. Mir wurde nun endlich klar, wer sie für mich war, und noch bevor ich es hatte aussprechen können, tief verborgen und in meinem Inneren entsprungen, schwebten die Seerosen um uns herum und tanzten in den Himmel hinauf. Ein Blütenregen prasselte sanft auf unsere Häupter nieder und ließ uns aussehen wie in einer Blumenhochzeit. Es war wie die Endlichkeit, die sich nun entfaltet präsentierte als die Vollkommenheit des Endlosen. Alles wurde zu Einem. Jeder Mensch und jedes Tier, jede Pflanze und alles Unbewegte. Noch bevor ich mich zu ihr wenden konnte, verschwanden ihre Lippen und ihr Hals im hellen Weiß der Seerosen.

Ich kann mich nicht mehr lieben

Ich kann mich nicht mehr lieben, solange sie in meiner Nähe bleibt. Meine Gedanken kreisen unsortiert umher, finden keinen Anhaltspunkt, was ich gelernt habe, vergesse ich augenblicklich, sobald ich an sie denke. Jede freie Sekunde betörendes Vergessen, das mich in einen rastlosen Rausch der reinsten Wahrheit befördert. Es ist, wie wenn man sich auf einer endlosen Suche nach Argumenten befindet, die man zwar klar aus den Seiten des Lebens lesen kann, sich aber der Angst unterwerfend ihrer Sprache unzugänglich macht. Ich sehe meine Füße den Boden verlassen, es bröckeln noch ein paar Steine, es könnte auch Sand gewesen sein, von meinen dreckverschmierten Schuhen ab und fallen in die Tiefe. Aus ihr kommen keine Geräusche mehr hervor, die ich wahrnehmen kann. Ein dunkler Schlund ohne Zähne, so schwarz, so leer, dass jeder Lichtpartikel in ihr wie die Hoffnung selbst erloschen wäre. Ohne ihre Wärme fällt es mir schwer, mich nicht zu verlieren, doch mit ihr vermochte ich nie glücklich zu sein. Meine Gefühle haben sich vor mir versteckt in einem endlos zerstreuten Spiegellabyrinth.

Ich vergesse mich, das Leben das mich umgibt, die Menschen, mit denen ich Gefühle teilte, verschwinden aus meinem Leben. Sie bleiben, sie warten in Unwissenheit darüber, was mit mir geschieht. Ob sie es auch kennen, dieses Gefühl? Vermutlich schon. Dieses Gefühl der Zeitlosigkeit. Es sind Tage, Wochen, welche verstreichen und untergehen in einem gleichbleibenden fließenden Strudel, der einen immer tiefer in sich aufnimmt. So wie das Treiben einer kleinen ausgedünnten

Wolke an einem heißen Sommertag. Es geht kein Wind, die Sonne strahlt gleißend über die Straßen und Autodächer hinweg. Man sieht kaum das Treiben der Natur und doch bewegt sie sich, sie schreitet voran und das so langsam, dass es keiner bemerkt, und doch verändert sie sich. Die kleine Wolke, um die Mittagszeit noch über einem Kirchenturm schwebend, ist über das Fortschreiten des Tages verschwunden. Sie hatte sich aufgelöst oder wurde getragen von dem leichten Hauch eines Windstoßes, der sie einfing. An solchen Tagen und auch anderen vergesse ich die Zeit, denn sie würde mir nur meine eigene Ratlosigkeit vorführen. So wie ich werde, kann ich nicht bleiben, zurückgehen kann ich jedoch auch nicht, die Lösung liegt begraben im Zentrum beider Möglichkeiten. Das Leben als solches zu betrachten, nach dem zu streben, von welchem man spräche, als sei es nur ein Traum, eine Wunschvorstellung. Es werden Tage folgen, nach all dieser langen und doch so undurchsichtigen Zeit, an denen schon am Morgen eines kühlen Märztages die Sonne auf die karierte Tischdecke fällt, man sich an ihren Strahlen hoch in den Himmel zieht und dem klaren Blau Stunden zusehen kann. Erweckt durch die Herrlichkeit eines neu aufblühenden Tages wird man seine unendlichen Möglichkeiten betrachten, die Welt wahrzunehmen. Der Geruch von frischem Kaffee, einem frisch gemachten Bett, der noch tief in sich den Geruch der letzten Nacht beinhaltet, der einen daran erinnert, dass oftmals das Alte in uns ein bisher ungekanntes Gefühl hervorrufen kann. Die Stille des Tages, welche nur unterbrochen wird durch das Singen der Vögel oder das Weinen kleiner Kinder. Die beruhigenden Stimmen ihrer Eltern und das Klappern alter Fensterläden, welche schon vor Jahren hätten ersetzt werden sollen. Ich sehe die Zeit meist als den Lieferanten ungewollter Briefe, die einen nur auf die eigene Beschränktheit hinweisen wollen, doch wenn ich das nicht sehe, kann ich sie ruhen lassen und zu dem machen, was sie im Ursprung für alles Lebendige und Tote ist, relativ und für jeden gleich.

Die Blume

Ich zähle sie, wissentlich, niemals zur Ruhe kommen zu können. Meine Schuhe sind nass und meine Lunge pfeift. Über den Bergen leuchtet die Sonne, wann habe ich sie das letzte Mal gesehen, frage ich mich und laufe den mit Gras überwucherten Hügel hinauf. Von weit her höre ich das Lied eines Vogels, der traurig aus den Wäldern singt, eine Melancholie, die sich über das Land ergießt und von der Erde bis in den Himmel reicht. Ich hatte meine Flügel durchbohrt, sie unbrauchbar gemacht und ihnen jeglichen Sinn genommen. Nach meinem letzten Fall entzündete ich ein Feuer auf diesem Hügel, es loderte die ganze Nacht in hellen gelben und roten Farben auf. Die Geister, die ich damit rief, tanzten im Takt der Flammen um das Feuer, kleine Brandlöcher schlugen sich in das Gras und erloschen, als sie auf der feuchten Erde aufkamen. Nachts sangen die Vögel keine Lieder mehr für die Menschen. Erst wenn das Gras feucht und der Nebel zurück in den Wald schlich, konnte man das Leben wieder hören.

Keuchend stehe ich oben auf dem Hügel und blicke auf die Berge, die sich in den Himmel bohren wie scharfe Pfähle. Mein Blut rinnt durch meine Venen, lässt mir keine stille Sekunde, eine Pause zu machen, bis ich nur noch ein Rauschen in den Ohren höre. An dem Platz, auf welchem ich das Feuer entzündete, wächst eine blaue Blume aus dem Boden, inmitten all der anthrazitfarbenen Asche steht sie alleine und doch so selbstverständlich. Ich trete einen Schritt heran, dann noch einen und einen weiteren, bis ich ihr gegenüberstehe. Die Arme habe ich in den Schoß gelegt und das Rauschen vergessen. Wie stark sie ist, denke ich und beuge meinen Kopf auf ihre Höhe. Im Wind bewegen sich ihre Blütenblätter wellenförmig, sie gleichen dem Tiefblau des Meeres, einem Himmel ohne Wolkenkleid.

Am nächsten Tag kam ich wieder, um sie zu besuchen und anzusehen, mit ihr in den Himmel zu starren, den Wolken beim Vorbeiziehen zuzusehen, war etwas Meditatives. Ich lernte zu hören und zu sehen, das Rauschen in meinem Körper war verschwunden.

Eines Nachts, als die letzten Lieder der Vögel bereits verklungen waren und nur noch das leise Streichen des Grases zu hören war, kam ich auf den Hügel zurück. Die Blume war geschlossen, sie hatte ihr blaues Kleid vor der Welt versteckt. Trotzdem lag ich neben ihr und starrte in den mit Sternen bedeckten Nachthimmel hinaus auf der Suche nach nichts. Sie blieb an ihrem Platz, zufrieden und ruhig. Im Mondlicht glänzten ihre Blätter noch schöner als am Tag.

Der Fensterplatz

In der Nacht krochen das Eis und die Kälte aus dem Himmel auf die Erde herab. Der Schnee hatte sich bereits auf den Dächern der Häuser und Pkws niedergelassen, eine weiße unkenntlich entstellte reine Welt. Ihre Farben wirkten an diesen Tagen immer ein klein bisschen intensiver, sie wirkten, als ob sie dagegen ankämpfen würden, nicht vergessen zu werden, so als ob sie die Menschen daran erinnern wollten, was unter dem Weiß des Himmels verborgen immer noch da wäre. Eine schier endlose Bandbreite Grauabstufungen, aber so war die Welt eben. Ob es nun der graue Beton auf den Straßen ist, welcher sich wie eine schwarze Schlange zwischen den Blocks hindurchschlängelt, bereit, alles zu verschlingen, um ihren Weg weiterführen zu können. Ich machte das Fenster auf, sah einer Frau nach, die sich ihre langen blonden Haare, bevor sie in ihr Auto stieg, hochsteckte. Sie führte ihre Hände mit einer lockeren Eleganz, die ich als sehr bewundernswert empfand, ihre filigranen Finger huschten so flink durch ihr glattes Haar, dass es mir dabei schwer-fiel, ihren Handgriffen zu folgen. An einem ihrer Finger trug sie einen Ring. „Ob sie verheiratet war?" Vermutlich war sie gerade auf dem Weg zu ihrer Arbeit, ihrer Arbeit, die sie vermutlich hasste. Das Auto sprang an und hinterließ mir nur die Erinnerung an ihre roten Rücklichter und eine kleine Rauchwolke, die sich im aufgehenden Licht der Sonne auflöste. Und natürlich an sie. Die Zeit am Fenster verging, ohne dass ich ein Gefühl dafür bekam, wie lange ich hier gesessen hatte. Die Zeit strich einfach, ohne eine Spur, einen Abdruck in mir zu hinterlassen, an mir vorbei. Bereits mehrere

Tage später vermochten mir ihre blonden Haare, die Art, wie sie sich bewegte, nicht mehr aus meinem Kopf gehen zu wollen. Sie sah so verloren aus in dieser weißen Welt, wie ein kleiner nicht zu beachtender Fleck auf einer riesigen Leinwand. Eine unbedeutende Kleinigkeit, von der man erst dann Kenntnis nimmt, wenn sie erst mal weg ist, die mich nicht mehr loslassen wollte. Seit diesem Tag sah ich sie jeden Morgen von meinem Fenster aus im zweiten Stock. Es war immer zur selben Zeit, sie ging immer den gleichen Weg zu ihrem Auto und ich sah immer wieder die Rauchwolke aufsteigen sowie die Rücklichter ihres Wagens, wenn er die Straße hinauffuhr und schließlich hinter dem Berg verschwand. Nur die Art, wie sie ihre Haare trug, veränderte sich. Mit der Zeit konnte ich ihr so von den Fingern ablesen, wie ihr an diesem Tag zumute war. Ich konnte ihr ansehen, ob sie gestresst oder entspannt war, sie einen langen anstrengenden Tag vor sich liegen sah oder sie am nächsten Tag frei hätte. Ich wurde so gut darin, ihre Stimmung zu bewerten, dass sie ihre Fremdheit verlor. Ich stellte mir vor, wie sie abends nach Hause kam, ihre grüne Stofftasche in die eine, und ihre Schuhe in die andere Ecke der Garderobe warf und sich auf ein großes weiches Sofa fallen ließ. Nach über einem Jahr erwischte ich mich dabei, meine eigene Person in ihrem Haus zu sehen, wie wir uns gemeinsam Kaffee kochten, wir zusammen auf dem Sofa, umhüllt vom frischen Geruch des Kaffees, in dem vertrauten Duft unserer Stoffdecke lagen.

Als im nächsten Jahr der Schnee erneut vom Himmel auf die Erde fiel und alles von Neuem unter einem weißen Laken bedeckt wurde, hörte der Kamin ihres Hauses auf zu rauchen. Da war nun kein hölzerner Geruch vor meinem Fenster, keine roten Rücklichter und auch keine Rauchwolken, denen ich bei ihrem Tanz durch die Sonnenstrahlen hätte zusehen können. Das Schlimmste blieb aber ihre Abwesenheit. Sie, wie sie ihre langen blonden Haare hochsteckte, die Bewegungen ihrer Finger und wie wir abends bei Kaffee unter einer warmen Decke liegend dem Holz beim Verbrennen zusahen. Ich konnte ihre weiche blasse Haut spüren, wie sich ihre feinen Härchen aufstellten, wenn ich sie an ihrem Nacken küsste. Mein Gesicht vergaben unter ihren blonden Haaren, die nach Lotus und Zimt dufteten. Da war ein warmes gelbes Licht tief in mir, das zu verglimmen begann. Ich konnte spüren, wie es jedes Mal, wenn ich an sie dachte, kleiner wurde, bis dieses Gefühl irgendwann erloschen war. Ich stand auf, die Sonne hatte sich hinter einer Wolke vergraben und die Straßenbeleuchtungen warfen ihr Licht noch auf die Gehwege. Ein Vogel begann in einem Baum sitzend zu singen, als ich spürte, wie ich sie vergessen hatte.

Der kleine Geist

Ein kleiner hellgelber Geist saß, den Kopf leicht zur Seite gedreht und auf seinen Schultern abgestützt, auf meinem Regal und blickte mich fragend an. Er sah aus wie eine kleine Wolke oder ein Tröpflein Nebel, welches in der Mittagssonne glänzend seinen mystischen Schleier verliert. Wir starrten uns gegenseitig an, keiner verzog auch nur annähernd seine starre Miene oder versuchte, dieser sinnfreien, nonverbalen Kommunikation zu entfliehen. Von draußen her drangen die Geräusche klappernder Autoteile, vermischt mit dem Summen der Insekten, durch mein weit geöffnetes Fenster, bald würde die Sonne hinter der Stadt versinken, und mit ihr auch dieser Tag.

In den jungen Abendstunden, der Himmel hatte eine blaue, rosa wechselnde Farbpalette angenommen, kam eine gewisse pathetische Stimmung in mir auf. Ich konnte sie spüren, bei all dem, was ich sah oder berührte. Ob es die Amseln in ihren schwarzen Anzügen waren, die im Abendhimmel, je ferner sie flogen, verschwanden oder die sanften Blüten des Hibiskus, die sich lila färbten. Sie und andere Sträucher, die bei jedem lauen Luftzug hin und her schwankten, wie die Wellen des Meeres es mit den Booten taten. Ich würde ihn niemals wieder vergessen, diesen Anblick der Ruhe, gepaart mit dem Duft nach Himbeersträuchern und Benzin, welcher in der Luft lag. Man sagt, es sind die kleinen Dinge im Leben, die einem die meiste Freude bereiten können. Doch ich frage mich, ob es nicht die kleinen Dinge sind, denen wir unsere Aufmerksamkeit schenken und sie so durch ihre wohltuende

Kraft zu den großen Stützen unseres Lebens machen sollten. Oder werden sie dadurch einnehmend und blockierend? Es sind die ruhenden Baumriesen, fest verwurzelt im Erdreich, der Geruch nach nassem, am Vortag gemähtem Gras oder das Gefühl warmer Wassertropfen auf der Haut, wenn es im Sommer regnet. Das Verlangen nach einer liebenden Hand, deren Fingerspitzen so leicht auf der Haut aufkommen, einem Windhauch gleichend. Der erste Kuss nach dem Sex, so sanft und liebevoll, bis jegliche Aufregung und Anspannung wie Sand von einem abperlt. Der Anblick ozeantiefer Augen, tief genug, um in einem Leben nicht all das zu erfahren was sie bereits schon wissen. Man sagt, es sind die kleinen Dinge, denen wir eine Bedeutung geben, ganz gleich, welche es sein mag.

Mein Blick wanderte langsam zurück, in die Richtung meines Regals, auf dem der Geist noch immer sitzend Löcher in die Decke starrte. Jedoch, seine Form und seine Farbe haben sich verändert, auch der Ausdruck in seinen kleinen Augen ist mir neu. Mir scheint, er habe etwas gefunden, das ihn amüsierte, er wirkte erfreut und gelassen, so wie er, beide Beine überschlagen, dort oben saß. Ich schaute ihn an, begeistert von diesem kleinen Wesen ohne Namen oder Herkunft. Dieser hatte es nach einiger Zeit bemerkt und schaute wiederum zu mir. Der fragende Ausdruck in seinen Augen kehrte nicht mehr zurück, bis er langsam verblasste, nur eine Sache ließ er mir als Erinnerung da. Es handelte sich um einen kleinen schwarzen Stein, den eine weiße blitzartige Linie durchschnitt, einmal ringsherum.

Ich musste an das Meer denken, das Kreischen der Möwen, die am Horizont umherflogen, bis das Wasser den Mond ausspuckte und dieser sich langgezogen in der Reflexion des Meeres widerspiegelnd in den Nachthimmel erhob. Ich war an einem Ort, den ich nicht kannte, doch ich hatte keine Angst. Der kleine Geist tanzte am Himmel mit den Sternen. Sie leuchteten hell auf, manche fielen in kleinen Sternschnuppen in die unendliche Weite des Meeres, jeder von ihnen ein Traum in der Zukunft.

Der Sohn

Straße

Der vergilbte Schriftzug über ein Angebot beim nächsten Fastfood-Imbiss stach mir von weitem in die Augen. Als ich ihm gegenüberstand, wirkte es plötzlich nicht mehr so mächtig. Das Plakat löste sich bereits an der oberen linken Ecke leicht vom Hintergrund ab und ließ so das sich darunter befindende „T" des Schriftzuges „Weihnachtsangebot" verschwinden. An der frei gewordenen Stelle ließen sich die Überreste der davor zu tausenden aufgeklebten und überklebten, abgerissenen und bemalten alten Plakate sehen. Wie viele vergessene Werbungen von mittlerweile nicht mehr existenten Unternehmen, die von bereits toten reichen Männern geführt wurden, die dann, der eine mehr, der andere weniger, unglücklich und einsam starben. Und dabei hätten auch sie sich nichts mehr gewünscht, als jemanden an ihren schneeweißen Laken sitzen zu haben, der ihnen ihre alte, mit Falten übersäte Hand gehalten und sie guten Gefühls in die Ewigkeit verabschiedet hätte. Aber wer machte sich denn bitte auch nur die Mühe, an diese Menschen auch nur einen Gedanken zu verlieren, geschweige denn Mitleid? Es hieß doch auch immer, dass jeder seines eigenen Glückes Schmied sei, also warum Mitleid empfinden? Das Leben war bereits anstrengend genug, um auch nur an sich selbst denken zu müssen, den Glauben an sich selbst nicht wie Sand im Wind verwehen zu sehen und seine Träume nicht für die nächste halbwegs zufriedenstellende Beziehung zu opfern. Keiner kann sich das Leben aussuchen, also sollte man möglichst das Beste daraus machen, und versuchen, ohne Reue und Selbstmitleid diese Erde verlassen zu können. Dann zwischen die Wolken zu schweben und zu sehen, was nach dem Tod kommt. Ich hätte mir gewünscht, falls ich es mir hätte aussuchen können, dass nach meinem Ableben das Nichts auf mich warten würde. Ich würde nicht zu Gott oder in den Himmel kommen wollen, auch wenn mir die Vorstellung gefiel, gebettet in weichen Wolken unter strahlendem Himmel die Erde von oben beobachten zu können. Vielleicht hatten einige da oben ja auch so etwas wie eine Sondergenehmigung, also eine Art VIP-Ticket, welches es einem ermöglichen würde, in das Geschehen der Erde eingreifen zu können. Ich würde dann den reichen alten Kapitalisten ihre Geldbeutel aus der Tasche fallen lassen und sie von ambitionierten Weltrettern finden lassen. Diese könnten mit dem gefundenen Geld endlich Naturschutzreservate bauen lassen, um das Artensterben zu verhindern, den Klimawandel zu stoppen und Kampanien zu gründen, die Menschen dazu bewegen, keine Waffen mehr zu produzieren und den Weltfrieden dauerhaft zu etablieren. Aber da ich nicht an den Himmel glaubte, verlor ich daran auch nicht mehr Gedanken, als unbedingt nötig waren. Sowieso würden die Weltretter die Brieftasche denen, die sie verloren hatten, zurückgeben. Und selbst wenn sie das nicht machen würden und die Börse doch behalten würden, wer würde dann garantieren, dass genau sie die Welt versuchten zu verbessern. Der Vorteil der Guten und Ambitionierten, wenn man diese Begriffe hier verwenden kann, bestand gerade darin, kein Geld, keine Zeit und zu viele kapitalistische Gegner zu haben, gegen die sie kein Weiterkommen sahen. Sie bleiben auf ewig die Schwätzer, die, welche redeten, aber nichts machten oder wie sie sagten, nichts ausrichten konnten. Welch eine verdorbene Welt, in der wir leben. In der wir arbeiten, in welcher wir unsere Freunde, Liebespartner, unsere Interessen und Charakterzüge finden. Eigentlich wies unser Leben nicht sehr viele Unterschiede zu dem Werbeposter auf. Kam ein neues, verblasste das alte. Das neue war weder besser noch innovativer als das vorherige. Es hing an dem gleichen Ort, wies ein begrenztes Angebot auf und versuchte, so viele Menschen wie möglich anzuziehen, bis irgendwann seine Zeit gekommen war, das Interesse ausblieb und ein neues bereitstand, den Platz einzunehmen.

Die Kirchturm-uhr erklang in der Ruhe des Abends, sie schlug zehn Uhr, die Arbeiter waren bereits zu Hause angekommen, ihre PKWs standen sicher geparkt und verriegelt in der Einfahrt oder der Garage. Das Essen war serviert worden und die Jüngsten schliefen bereits in ihren Ritterburgen oder Feenschlössern. Nur noch sie würden auf dem Sofa sitzen, das zweite Glas Wein machte die Runde, die Wangen wurden rot, im Magen war es warm und wohlig. Der Wein war trocken und lag schwer. Ein Hollywood-Streifen läuft im Fernseher. Einer dieser Filmklassiker, welche alle paar Monate ausgestrahlt werden, um daran zu erinnern, wie gut sie doch sind. Sie werden das Licht ein wenig dimmen, um den Abend in die Schlussphase einzuleiten. Das dritte und letzte Glas wird eingeschenkt. Es wird langsam und bedacht getrunken, denn morgens wird die Arbeit wieder rufen, die Kinder werden in die Schule oder in den Kindergarten müssen, um dort zu lernen, wie man ein Teil der Gesellschaft wird und keine Probleme macht. Wie man seine Eltern stolz macht und ihnen Erfolge präsentieren kann und auch, wie man belastbar wird.

Das Glas ist leer. Einer wird das Licht ausmachen, bevor der Film überhaupt zu Ende ist. Sie geht die Treppen als Erste hoch, während er noch die Gläser in die Küche bringt und die Haustüre abschließen wird. Nachdem sie im Bad fertig ist, ihre Zähne geputzt hat und sich die Haare hochgesteckt hat, um ins Bett gehen zu können, kommt er in das Bad, gibt ihr einen flüchtigen Kuss auf den Mund, sagt ihr, dass er sie liebe, wartend darauf, bis sie das Bad in ihrem Abendkleid verlassen wird. Als die Badtür hinter ihr ins Schloss fällt, wird er sich ausziehen, seinen in die Jahre gekommenen Körper im Spiegel begutachten. Ihm werden neue Falten auffallen und ihm werden seine Haare, welche weniger werden und ergrauen, ins Auge stechen. Er wird sich nicht fragen, ob sie das Gleiche denkt, wenn sie allein im Bad steht und ihren nackten Körper im Licht vor dem Spiegel drehen und krümmen wird. Der Geschmack des Weins, ein Fronsac aus dem Jahr 2005, vermischte sich mit dem Geschmack und Duft der Menthol-Zahnpasta, welche er nun ausspuckte. Das Gesicht wusch er schnell und trocknete es an einem Handtuch ab, bis auch der letzte Tropfen Wasser verschwand. Nun machte er das Licht im Bad aus und ließ die Tür ein zweites und letztes Mal ins Schloss fallen, bevor er und sie morgens wieder aufstehen müssten. Er würde in das im Dunkeln liegende Schlafzimmer schleichen, die Türe leise hinter sich schließen und sich zu ihr ins Bett legen, allerdings nicht zu nahe, denn er wollte sie nicht aufwecken. Er wusste selber sehr gut, dass er das nicht tun würde. Sie lag jeden Abend wach, mit dem Gesicht ins Kissen gedrückt, und hoffte auf jegliche Zärtlichkeit, die sie am Anfang ihrer Ehe bekommen hatte. Der letzte Sex war schon einen Monat her gewesen und sie fragte sich, wie lange sie ohne ein ehrliches Wort der Liebe oder wenigstens einer warmen Umarmung hätte weitermachen können. Jeden Abend war sie es, die sich in den Schlaf weinte, während er neben ihr lag, ihr beim Schluchzen zuhörte und schließlich einschlief. Sie bleibt noch eine Weile wach. Das Gesicht hatte sie mittlerweile an die Decke gerichtet und ließ ihre vergossenen Tränen im kühlen Lufthauch, der durch das Fenster schlich, trocknen, bis auch sie einschlafen würde.

Es waren traurige Orte, zu denen mich meine Gedanken zu dieser Stunde führten. Grau und flackernd wie das Licht einer immer schwächer werdenden Kerze in der Nacht. Ohne ein Ziel lief ich durch die Straßen der Wohnblocks, wanderte durch offengelegte Gärten, vorbei an den Rosensträuchern, welche im Licht des Mondes ihre müden Köpfe geschlossen hatten. Ein paar Tautropfen klebten an ihnen. Ein Spinnennetz führte seine filigranen Fäden von dem einen zu dem anderen Stiel der Rosen. So zerbrechlich und doch so robust. Kein Sturm, kein Wind konnte ihnen etwas anhaben. Nichts in der Natur war stärker als sie. Doch ein Finger eines Menschen reicht, um all das zu zerstören. Um all diese Arbeit, das Vertrauen in dieses waghalsige Projekt mit einem Mal zu vernichten. Schwermütig wehte ein feuchter Abendwind über die Straßen, vorbei an den Häusern und Gassen, in die Gärten der Menschen, bis hin zu ihren Fenstern, wo er, wenn sie geöffnet waren, in die Zimmer der Schlafenden schlich. Ich senkte meinen Blick, konnte und wollte ihn nicht nach oben richten, denn wenn ich es tat, überkam mich ein Gefühl der Kälte, eine vergessene Blockade, die Schranken kehrten in mein Bewusstsein zurück, ich hielt den Atem an. Schon lange hatte ich dieses Gefühl nicht mehr gehabt. Es roch nach altem Wein, süß und holzig-scharf, der Duft von Benzin und warmen Daunendecken. Kein Geruch von Sex, kein Geräusch der Liebe. „Ich bin stolz auf dich, mein Sohn", sagte ihm jetzt niemand mehr, es hatte auch davor nie jemand zu ihm gesagt. Warmes Wasser und kalte, leblose Hände die ihn hielten, angeschwiegen im Rausch leerer Worte, eine Kommunikation ohne Zuhörerschaft, ohne Interesse eines Gegenübers. Eine Träne vermischte sich mit dem Tau auf dem Gras unter ihm. Aus dem Fenster war leises melodisches Schluchzen zu hören, ich blieb stehen, bis es verstummte. Danach ging ich nach Hause.

Orangefarbene Stille

Es blieb bei einem Traum in jeder Nacht, danach wachte sie auf und lag, unter weißen Laken begraben, in ihrem Bett. In dieser Zeit schien sie die Stille förmlich zu verschlingen. In ihr wuchs etwas heran, das sie nicht zuordnen konnte. Es ließ ihr keine Ruhe. Am Tag, wenn die glühenden Sonnen über den hellen, flimmernden Horizont streiften, das Gras in ihrem Garten sich zum Takt des Windes bewegte und die Welt, in der sie lebte, sich zu drehen begann, konnte sie die Stille ertragen. Doch in der Nacht umgab sie sie wie ein dunkler Schleier, da war plötzlich kein Rascheln mehr, kein Windhauch, der sich in den Gardinen verfing, oder auch nur ein Ton, den sie hätte hören können. Ihre Gedanken schrien sie an, lachten sie aus, fesselten sie mehr und mehr an ihr Bett, aus dem sie jeden Tag ein bisschen später aufstand und sich immer früher dorthin zurückzog, bis sie sich gar nicht mehr traute, nach draußen zu gehen. Noch nie war die Stille so ohrenbetäubend gewesen, wie sie es jetzt war. Drei volle Tage lag sie nun schon herum, hatte außer der bleichen Zimmerdecke und dem hellgrünen Fensterrahmen nichts anderes gesehen. Ihre Glieder begannen nach den ersten zwei Tagen zu schmerzen und ihre Augen wurden von dunkelblauen Augenringen untermalt, welche sie in der Spiegelung des Fensters zu sehen bekam. Ein verzerrtes, ihr unbekanntes Abbild ihrer selbst, was sie in jenem Spiegelbild sah. Sie öffnete das Fenster, um sich nicht länger ansehen zu müssen, sie wollte ihrer Scham entrinnen und vergessen, wer sie war. Sollte sie …? „Nein, dafür war es noch zu früh", beschloss sie und kippte das Fenster leicht. Ein warmer

Windstoß blies ihr ins Gesicht, ihre Haare wehten zur Seite und ihre Haut begann zu prickeln. Draußen schienen die orangefarbenen Sonnen, so wie sie es noch nie zuvor gesehen hatte. Vor ihren Augen formten sie sich zu ovalen oder runden Kugeln, die, fast so, als ob sie sich in einem Wettrennen befinden würden, aneinander vorbei auf und ab zogen. Die Welt hatte sich nicht aufgehört zu drehen, die Sonnen, der Mond hatten ihren Zyklus und ihre Laufbahn nicht verändert, sie rotierten immer weiter, veränderten das Licht und den Schatten. Eine Libelle zog, in einem smaragdähnlichen Aussehen gekleidet, an ihrem Fenster vorbei, verweilte dort für wenige Augenblicke und verschwand wieder im Licht der Sonne. Sie dachte nach, über ihren Garten, wie er in seinem satten Grün den roten Feuerbällen am Himmel erst ihrem herrlichen Kontrast geschenkt und ihrer Selbst erst diese Einzigartigkeit verlieh. Alles hatte seinen Platz genau da, wo es war. Der Kreislauf der Natur ein ständiger, sich wiederholender Prozess, Leben und das Sterben, Erschaffen und Vernichten in einem sinnlichen und harmonischen Konstrukt vereint. Durch das Leben erhielt ihre Welt erst ihre Schönheit, seien es die Narzissen, Lilien oder Orangen, die in ihrem Garten wuchsen, die Vögel, welche in den Bäumen saßen und sie jeden Morgen aufweckten, der Geruch von frischem Gras, nachdem es geregnet hatte, das Gefühl, ein Feuer in einem Kamin zu entfachen, den Qualm einzuatmen, zu husten und sich danach in einen alten Sessel fallen zu lassen. Sie würde ein Buch lesen, ein altes, denn sie liebte den Geruch des Papiers, wenn es nach alter Tinte, modrig und nach Staub roch. Vermutlich würde sie es nicht einmal zu Ende lesen wollen, aber das würde sie nicht weiter stören. Denn all diese herrlichen Eindrücke würden in ihr zu einem Gefühl heranwachsen, einem Gefühl unbegreiflicher Schönheit und Ruhe. Sie könnte ihre weichen langen Haare auf ihren Schultern spüren, wie sie bei jeder Bewegung wie kleine Wolken auf und ab hüpften, ihr ganzer Körper ruhend und doch so energiegeladen. Ihre Aufmerksamkeit wurde von einem Vogel, der auf einem ihrer Birnenbäume saß, förmlich verschlungen. Es war ein kleiner, mit rundlichem Körperbau und braunem Federkleid. Um seinen Hals hatte sich ein Kranz aus Kornblumen geschlungen, den er wohl für sein Nest gebrauchen konnte. Sie sah dem Vogel nach, wie er kurze Zeit später wieder in der rosaroten Flut der Abenddämmerung verschwand und nicht zurückkehrte. Doch für sie war es kein Abschied, mehr ein Wiedersehen ohne die Gewissheit oder ein Versprechen, wie lange dauern es mochte, bis sie sich eines Tages wiedersehen konnten.

Der Nachmittag unterwarf sich schnellen Schritts der Nacht. Seine tiefblauen Farben verschwommen zu grünlich gelben Übergängen, welche wiederum in einem satten Rot aufloderten, bis das Schwarz der Nacht einkehrte und sich die Farben zu eigen machte. Nun waren es graue Abstufungen und ihre Schatten, die sich zu neuen Kreaturen und Objekten formten. In der Dunkelheit sah alles anders aus, ein zweiter Charakter steckte in den Schatten der Bäume, einen, den man unter der Sonne nicht beachtet hätte oder ihn gar wahrgenommen. Auch sie konnte die verträumte Unabhängigkeit der Nacht in ihren Fasern spüren, wie sie aus ihr diejenige machte, die sie zur Vollkommenheit brachte. An den lichtdurchfluteten Tagen, an denen sie unter rosigen Mandelblüten kniete und den Orangen beim Wachsen zusah, wie sie aus ihren weißen Knospen empor-krochen und die vergängliche Schönheit der Blume abwarfen, um eine Frucht, gleich der Sonne am Horizont, zu gebären. Sie sind die Kinder des Lichts, schlafend im Schatten, anders als sie. Sie trug das Kleid der Nachtschatten, die Flügel eines Kauzes und sang das einsame klagevolle Lied der Nachtigall. Sie war es, die die Nacht erwärmen konnte, denn sie konnte es jetzt sehen, jetzt verstand sie den Trost der Dunkelheit. Sie erschuf eine Atmosphäre der Klarheit, frei von jeglichem Schmerz dessen, was unter den Sonnen noch passiert war. Sie war keine sich um den Hals windende Schlange, welche die Luft immer dünner werden ließ, bis einen die Gedanken verschlungen hatten, vielmehr war sie eine allwissende Klarheit, die sich über die Welt legte und allem und jedem die Möglichkeit bot, sich in seiner reinsten Wahrheit erkennen zu können.

An diesen Gedanken gebunden blieb sie am Fenster stehen, blickend auf ihren Garten und den Kreislauf der sich veränderten Welt wie Tag und Nacht einander gehörten.

Das Haus

Am Anfang meines Selbst steht das Haus, am Ende der Straße noch weit hinter der letzten Straßenbeleuchtung. Nicht einmal der letzte fade Schein der vergilbten und angelaufenen Laternen drängt bis zu den Pforten oder gar bis in den Hof durch. Ein leichter Nebel lag schwerfeucht und sanft über den Straßen und Höfen vor den Häusern, denn höher schaffte er es nicht. Er blieb erschlagen von seinem eigenen Gewicht über den Straßen kleben. So kroch er nur noch über den feuchtkalten Boden und kletterte in jede Ritze des Teers, bis er über die Straßen bis hin zum Waldrand, welcher einige hundert Meter entfernt lag und sich über den gesamten Horizont erstreckte, verschwand.

Der Mond stand hoch und präsentierte allen, die in den Nachthimmel blicken würden, seine gestochen scharfe Sichel, die wie das Blatt einer Sense aussah, die im Spätsommer das goldbraune Korn vom Weizenhalm trennt. Sterne schimmerten nur leicht hinter dem Tiefschwarz des Nachthimmels hervor und kündigten in ihrem müden Funkeln die späte Stunde an, in der ich mich befand. Fahles Licht fiel vom Himmel auf die Straßen, der Nebel waberte immer noch knöchelhoch eine Moorlandschaft im menschengemachten Areal. Regungslos hingen die Blätter von den Ästen der Sträucher der Vorgärten. Alles war in einen grauen Schleier gehüllt, während ich langsam in Richtung des Hauses am Ende der Straße lief. Je näher das Haus auf mich zukam, desto langsamer wurde es, fast so, als ob es Angst gehabt hätte vor mir. Dabei war es ich, der immer langsamer wurde und damit begonnen hatte, das Tempo zu reduzieren. Langsam, mit vorsichtigen Schritten schlich ich vorbei an den akkurat geschnittenen Gartenhecken der umliegenden Gärten. Kein Rascheln, nichts war da, das diese Stille durchbrechen konnte. Mein Atem stockte und wurde unkontrolliert, ich wollte nicht dorthin, fühlte mich allerdings gezwungen, es zu tun. Wie ein unhörbarer Befehl, dem man sich nicht widersetzen kann, trieb es mich immer weiter, bis ich das Licht der letzten Laterne passierte. Im Schatten angelangt, das Licht der Beleuchtung in meinem Rücken sitzend, spürte ich die Blässe der Nacht auf mich einwirken. Meine Pupillen weiteten sich, sanfter Wind glitt über die Straßen und ließ den Nebel aufwirbeln wie sanfte Wellen im Meer. Feucht und kühl strich er mir ein paar wenige Haare aus dem Gesicht und legte sie mir sanft über die Schulter. Ich fasste neuen Mut, lief die letzten Meter zum Vorplatz des Hauses und betrachtete es so genau es ging. Die scharfe Sichel des Mondes blinzelte nun aus südwestlicher Himmelsrichtung schwach auf den Hof des nicht gerade stattlichen, aber trotzdem schönen Grundstückes. Eine kleine Einfahrt, die gerade genug Platz hatte, um ein oder zwei Autos auf sich parken zu lassen ideal, wenn man auf Besuch nicht aus war, aufgeschüttet mit hellem grau-weißem Kies, der im Licht des Mondes schimmerte, als ob tausende Sterne den Himmel verlassen hätten. Ein schmaler Pfad im Gras auf der rechten Seite des Hauses führte von der Einfahrt in Richtung einer schweren alten Holztür, an der sich ein silberner Türklopfer befand. Ein kleines buntes Fenster, welches von ein paar Metallstäben geschützt wurde, war auch ein Teil der Haustüre. Es waren viele in rote, weiße, grüne und blaue milchige Dreiecke aufgeteilte Sechsecke. Sie verwehrten einem jeden, der vor dieser Tür stand, nur einen kurzen Blick in das Haus hineinwerfen zu können. Ich verblieb lange auf dem

Bordstein vor der Einfahrt, den Blick auf das Haus, sodass nur dieses noch existierte und von einer vollen schwarzen Umwelt umgeben war. Fast so, als wäre ich dort zu Stein erstarrt, bewegte ich mich keinen Zentimeter. Mein Blick wich dem Haus nicht aus, denn ich konnte es auch nicht. Wolken, die beinahe transparent über den pechschwarzen Himmel schlichen, ein Uhu kreischte aus der Ferne im Wald, bis es wieder still wurde. Die Frequenz meines Herzens wurde schneller und mir wurde warm. Ich zog meine schwarze Herbstjacke aus und band sie mir mit zittrigen Händen um meine Hüfte. Der Wald schwieg, ich schwieg und auch das Haus, in welchem kein Licht leuchtete, war still. Es sah so aus, als ob dort niemand zu leben vermochte, bis mir ein kleiner Lichtstrahl hinter einem der Fensterläden auffiel. Der Schein des Lichts war schwach und reichte nicht mal bis auf den Boden unter dem Fenster, aber ich sah ihn dennoch. Mir wurde klamm und unwohl und ich spürte, wie sich langsam, aber sicher der Druck in meiner Brust ausweitete. Schwer atmend starrte ich paralysiert das Haus an. „Wie es jetzt wohl darin aussehen mochte", überlegte ich. Es war bereits Jahre her als ich das letzte Mal diese vier Wände von innen betrachtet hatte. Es gab nur ein paar wenige Zimmer, sie alle hatten die gleiche alte bestickte Tapete, die mit Blumen und Kronenmustern verziert war. An einigen Stellen hingen auch Ölmalereien. Sie zeigten entweder die Alpen von immer anderen Blickwinkeln oder präsentierten das karge Leben auf einem Bauernhof, welches in diesem Haus noch viel öder erschien. Die Zimmer waren nicht wirklich klein, sie waren bestückt mit alten dunklen Möbeln, „möglich, dass es Eichenholz war", dachte ich, ohne es genau zu wissen. Meine Erinnerung war verwaschen und unklar. Ich bemerkte, wie schlecht ich mich noch an die Einrichtung erinnern konnte. Was mir blieb, war nur die Erinnerung an das Vergessen und an die Küche. Dieser Raum hatte sich in meinen Erinnerungen wie Widerhaken festgebissen. Er war der Raum, vor welchem ich Angst hatte. Er war der Grund, warum sich meine Lunge immer enger schnürte, mir die Luft nahm, je mehr ich an ihn dachte. Endlose Abende am Tisch zu zweit und doch alleine. Es war weder das Gefühl der Einsamkeit noch der Unverbundenheit, das mich belastete, vielmehr war ich die Gleichgültigkeit in Person in diesem Raum. Es waren die kalten Worte die nicht ausgesprochen wurden und diese zersetzende Atmosphäre erzeugten, in der sich zwei Misanthropen leblos umherbewegten. Im Sommer war es am schlimmsten. Das einzige Fenster in der Küche lag auf der Westseite und ließ so die letzten Strahlen der Abendsonne durch die Gitterstäbe hindurchscheinen und projizierte sie an die mit weißen Kacheln bedeckte Wand auf der anderen Seite des Raumes. An manchen Tagen, wenn die Sonne den Himmel blutrot überzog und die Wolken am Horizont wie die Zuckerwatte auf dem Jahrmarkt aussahen, entstand ein grässliches warmes bitteres Licht in diesem Raum. Es erinnerte mich an die Tage, in welchen ich mit ihr zusammen auf den Wiesen am Waldrand spielte. Ich lachte damals sehr viel bei ihr und empfand eine gewisse Freiheit, wenn ich so den Himmel betrachtend, in ihren Armen liegend den Vögeln nachsah, welche hoch oben ihre Luftakrobatik vollführten, und an meinem Ohr ihren ruhigen Herzschlag vernehmen konnte. Bienen hatten damals noch zu tausenden auf den Blumen gesessen und die Welt mit ihrem Summen ein bisschen lauter gemacht. Ich kann mich noch gut an den Tag erinnern, an dem sich meine Kindheit in Luft auflöste. Jetzt flogen keine bunten Schmetterlinge mehr von Blumen zu Sträuchern, um sich an deren Nektar zu laben. Kein Summen lag in meinen Ohren und die Blumen auf den Wiesen waren grau und starr geworden. Die Vögel blieben dem Himmel fern, zogen an andere Orte aber nicht dahin, wo ich war. Kein Klopfen vernahm ich mehr in ihrer Brust zu hören, stumm und schlafend lag es verborgen und riss ihn mit in die Tiefen der Toten.

Sie, es war allein ihre Schuld, all die verlorenen Monate und Jahre, die ich in dunklen Zimmern mit noch weniger Licht verbrachte, Löcher in die Decken starrte. Blutunterlaufene Augen starrten sich im Spiegel in die Augen, während ich seine nie wieder zu Gesicht bekam. Es waren endlose Nächte, die in endlosen Tagen neu auferstanden. Sie verschwammen, ich mittendrin in ihrem Strudel als verlorene Seele kostümiert. Die Blätter im Sommer wurden nie wieder grün. Auch wurden sie weder braun durch den Herbst, noch kleidete sie das weiße Kleid des Winters.

Mit zittrigen Knien, die mir jeden Schritt zur Qual zu machen versuchten, ging ich vorbei an den Lorbeer-Hecken, hastete über den Kies in der Einfahrt und schlich schließlich über den akkurat gemähten Rasen. Bedacht, nicht auf dem Tau auszurutschen, der sich bereits gebildet hatte. Angekommen bei dem letzten hellgelb leuchtenden Fenster, das aus der Hauswand stach, blieb ich stehen. Ich hatte es weder gesucht, noch hatte ich erwartet, Licht im Haus zu finden. Mir wurde erst später klar, was das zu bedeuten hatte und welche Auswirkungen es auf mich haben sollte. Fest verwurzelt hatten sich meine Füße auf dem Boden vor dem Licht, an welchem ich gebannt klebte, so wie eine Motte um eine Straßenbeleuchtung flattert. Im Licht erkannte ich eine Figur. Mehr war es eine Gestalt. Sie war schmal, groß und leicht gekrümmt, beherrschend sitzend auf einem Sessel in der Mitte des Zimmers. Ich hatte diesen Raum noch nie gesehen. Es war sein Raum. Dort hatte ich nie auch nur einen Blick hineinwerfen können. Keinen Blick auf diese leeren Wände, die nur beschmückt waren von alten Kalendern, auf denen entweder alte Karosserien der Sportautos aus den 70ern oder nackte junge Frauen zu sehen waren. An der Wand stand ein Regal voll mit Büchern, die wenigsten hatte er wohl auch nur einmal angerührt, geschweige in ihnen gelesen, so staubverziert, wie sie dastanden. In der Hand hielt er ein Glas, es war nicht besonders hoch und gefüllt mit einer goldbraunen, schmierigen Flüssigkeit, die aus der Entfernung wie Cognac oder Weinbrand aussah. Ich konnte mich aber auch täuschen. Der Mann, der da saß, war alt er hatte den Kopf in den Nacken gelegt, so weit, bis dieser die Rückenlehne seines Sessels berührte. Er hatte die Augen geschlossen, trotzdem fühlte ich mich beobachtet von ihm. Es war das erste Mal seit Jahren, dass er ihm in sein Gesicht gesehen hatte, tiefe Furchen schnitten über seine Wangenknochen, vereinten sich mit denen, welche unter den Augen waren, und zogen weiter bis hoch zu seiner Stirn zu den Kratern der Unzufriedenheit. Steinig und knochig waren die langen dünnen Finger, grau und sortiert das Haar.

Eine Nachtigall zwitscherte in der Nacht ihr Lied, es hallte aus dem Wald, der Nebel hatte sich aus den Straßen und Wiesen der Vorgärten verflüchtigt und war aufgebrochen in andere Gefilde. Ich hatte das Fenster hinter mir gelassen und lief, ohne auch nur einen Gedanken zu haben, geradeaus durch die Straßen. Ein Ziel hatte ich zu dieser späten Stunde nicht. Ich lauschte den Vögeln, konnte den Blumen in ihrem Abendkleid beim Schlafen zusehen und wanderte strukturlos an den Vorgärten der Nachbarn vorbei.

Als ich mich ein letztes Mal umdrehte, war das Licht im Haus noch nicht erloschen. Ich war wohl der Letzte.

Sonne

Es war ein Tag im Sommer. Ganz sicher war es nur einer dieser typischen Sommertage, an denen die Sonne lange und heiß vom Himmel auf die Köpfe der Menschen brannte. Heute war es einer dieser Tage. Warmer Fahrtwind blies durch ein heruntergelassenes Fenster. Die Hände hatte ich sanft um das Lenkrad meines Autos gelegt. Ich hatte das Radio aufgedreht, es lief ein Song, den ich nicht kannte, aber ihn dennoch gut genug fand, um mich beim Fahren begleiten zu dürfen. Auf dem Beifahrersitz lag eine vertrocknete Rose, noch war sie in einer Plastiktüte, mit dem dazu gehörenden Salzpäckchen verpackt, um daraus niemals mehr herausgenommen zu werden. Ihre Zeit war begrenzt und nun hatte sie ihren Zenit erreicht, ewig dort verbleiben zu müssen. Auch wenn es nicht ihre Schuld war.

Die Sonne stand hoch. Wie ein glühend heißer Ball klebte sie am Himmelszelt, keine Wolke wagte sich in ihre Nähe. Ich stellte mir vor, wie heiß es sich wohl anfühlen mochte, ganz in ihrer Nähe zu sein und sich in ihrem Licht zwischen den Wolken zu bewegen. Ich hatte den Ort verlassen, als der Fahrtwind kräftiger wurde und ich mich gezwungen sah, das Fenster wieder zu schließen und die Klimaanlage aufzudrehen. Die letzte Stufe der Anlage bestätigte mein Gefühl, dass dies der wohl heißeste Tag im Jahr werden würde. Beim Überqueren einer Landstraße, die eingelassen im Tal lag, wie ein Fluss aus Teer, sah ich eine Gruppe junger Menschen mit Handtuch und Badehose bepackt entlangmarschieren. Ich war mir sicher, sie würden zum nahegelegenen Weiher weiterlaufen, sich eine Abkühlung abholen und den Tag dort verbringen, bis die Sonne hinter den Bäumen verschwinden würde. Aus meinem Handschuhfach fischte ich nach einer Packung Zigaretten, kramte zwischen Fahrzeugpapieren, der Pkw Betriebsanleitung und fand schließlich eine Schachtel. Es fehlten nur wenige, da ich nicht viel rauchte, es aber in diesem Moment als angemessen betrachtete, mir eine oder zwei genehmigen zu dürfen. Wer sollte mich auch daran hindern. Mit einer Hand das Lenkrad umgriffen, zog ich mit der anderen eine Zigarette aus der Verpackung hervor, sie roch nach Stroh, ein Hauch von Tabak war da noch. Es fiel mir nicht gerade leicht, nicht an eine Zeit zu denken, in welcher die Welt noch so groß schien, sie hatte damals noch den Charme eines ungeöffneten Geschenks oder einer Liste schöner Dinge, die man sich sehnlichst erträumte zu besitzen. Ich zog ein Feuerzeug aus meiner rechten Hosentasche, das Lenkrad hielt ich solange in der Linken, zündete die Zigarette an und warf das Feuerzeug auf den Beifahrersitz neben die trockene Rose, von dort aus glitt es noch wenige Zentimeter über den schwarzen Stoffbezug und blieb am Kopf der Blume liegen. Den Rauch der Zigarette inhalierend betrachtete ich mein Gesicht im Rückspiegel, meine kurzen braunen Haare sahen matt aus und lagen zerzaust auf meinem Kopf herum wie eine vom Wind und Unwetter betroffene Wiese oder ein Weizenfeld nach einem Sturm. Das Innere des Autos füllte sich mit Rauch, bald schon konnte ich die Straße nicht mehr klar erkennen und zog es vor, die Fenster trotz des Windes herunterzulassen. In Strömen quoll der Rauch aus dem fahrenden Auto. Er schlug noch kurz seine Wellen im Wind und verschwand. Mittlerweile hatte die Sonne ihren höchsten Punkt erreicht, ich zog den Sonnenschutz nach oben, geblendet wurde ich nun nicht mehr, machte die Zigarette an der Außentüre meines Autos aus und warf sie auf die Fahrbahn. Für einen Moment hatte ich das Gefühl, ich könne die Zeit anhalten und ihr entkommen. Alles an dieser Welt war mir zu schnell, sie überrannte mich, überflutete meine Sinne, bis ich keine Luft mehr bekam. Ein Druck, der tief in meinen Lungenflügeln saß, in meinem Herz und meinem Kopf. Jede Sekunde schien dieser Druck mich weiter zu verschlingen, die Sonne wurde heißer, sodass der Teer auf den Straßen anfing zu schmelzen. Die Wälder brannten und mein Schädel blutete das aus, was der Menschheit ihren Kummer brachte. Ich wurde ein Opfer der Rastlosigkeit, dem des Stresses und der Angst, nicht mich, aber alle anderen zu enttäuschen. Ich habe über all die Jahre verlernt zu leben, etwas zu machen, weil es mir Freude bereitete, ich habe aufgehört zu lieben, ich habe Angst, alles zu verlieren und habe Angst, etwas dagegen zu unternehmen. Meine Reifen quietschen auf dem heißen Teer, alles brennt, alles schreit oder schweigt. Was ist, wenn man verstanden, hat wie es ist, hoffnungslos zu sein, und was ist, wenn diese Hoffnungslosigkeit das Einzige ist, an das man seine dünnen, knochigen Finger drücken will, um nicht der Gleichgültigkeit zu verfallen. Meine Hoffnung ist, meinen letzten Ausweg nicht in der Schönheit der Vergänglichkeit zu finden. So stelle ich mir vor, wie sie sie wohl sehen, die Welt, ihre Farben und ihre Klänge, wie sie ihre Gerüche wahrnehmen und wie sie leben in einer Welt, die so herrlich und zutiefst zu betrauern ist, wie ich es bin. Meine Reifen drehen durch, ich sehe zwei lange dünne Schlammspuren in der Erde, weißer Rauch dampft in der Nähe eines Baumes in den Himmel hinauf. Die Sterne werde ich wohl nicht mehr zu Gesicht bekommen, aber das macht mir nichts.

Ein Rauschen

Es rauscht… ein lautes Dröhnen, dann Stille. In der Stille ein rotes Licht, es kommt näher, wie ein kleiner Feuerball, der immer größer wird, bis er ihn schließlich erreicht und ganz nah ist. In seinen Flammen verbrennt der Körper, nur die nackten bleichen Knochen bleiben übrig. „Es ist nichts", sagt sie zu ihm, sein Blick wird starr und seine Augäpfel drehen sich nach innen, bis nur noch eine weiße Fläche zu erkennen ist, ein Klirren, dann ein Summen, abertausende Gesichter, die ihn anstarren, obwohl er sie nicht sehen kann. Was ist das, dieses Gefühl in ihm? Kalte Angst überkommt ihn und er weiß nicht, woher oder warum.

Ein Windstoß riss ihm seinen Hut vom Kopf, er wehte, sich immer wieder erneut wendend, über den Boden des Bahnsteigs, ganz und gar von jedem unbeachtet. Er selbst blieb stehen, blickte dem graubraunen Hut noch einige Meter hinterher und wendete sich von ihm ab, wie man einem alten Glauben abschwört, den man vergessen wollte, besessen zu haben. Er hatte ihm nicht sehr viel bedeutet und so war es ihm gleich, ob er nun ohne Hut oder mit ihm sei. Einige Tauben, die hoch oben auf den Stahlträgern des Bahnhofgebäudes saßen, gurrten leise vor sich hin. Von hier unten konnte er ihre grauen Körper sehen, ihre kleinen Köpfe, die sich tief in den Daunenfedern vergraben hatten, um der Kälte des Winters zu entfliehen. Er fragte sich, warum sie nicht in den Süden flogen, sie alle zusammen, denn was gab es hier schon für sie außer Kälte und dunkelgrauen Wolken, welche sich in den

Scheiben noch dunklerer schwarzgekachelter Hochhäuser spiegelten.

Alles wurde ihm zur Last, die Stadt, in der er lebte, seine Arbeit, seine Freizeit, sogar seine Freunde und die Frau, mit der er lebte. Es wusste, weil er andere Geschichten von anderen Menschen kannte, dass er nicht unglücklich sein konnte, doch alles, was er in seinen Gedanken finden konnte, war ein weißes Rauschen. Es setzte immer dann ein, wenn er es versuchte, es versuchte, ein Teil zu sein, zu sein wie jeder, der in seinen Augen noch Hoffnung hatte, die doch keine war und nur eine Art der Resignation. Die Tage zogen wie im Flug an ihm vorbei, an keinen von ihnen erinnerte er sich noch. Sie verschwammen vor seinen Augen zu einer großen weißen Kugel, in die es keinen Eingang gab oder ein Fenster, durch das man hätte steigen oder sehen können. Wann war er so geworden? So wie er jetzt ist. Oder hatte die Zeit das aus ihm gemacht, was er glaubte zu sein?

Die Wände im Bahnhofsgebäude rückten ein Stück näher. Ein Zug rollte auf den Gleisen zur Station, ein Mann in blauer Uniform stieg aus, schrille Schreie aus einer Pfeife erklangen und ließen die Tauben auf den Stahlträgern aufschrecken. Sie flatterten nur knapp über seinen Kopf hinweg, sodass er ihre Flügel fast schon spüren konnte. Ein sonderbares Gefühl, wie er ein wenig überrascht feststellte. Dieses Gefühl, etwas zu spüren, etwas auf seiner Haut zu fühlen. Es erinnerte ihn an etwas Gewohntes, eine Sache, an die er schon lange nichtmehr gedacht hatte, aber was war es noch gleich?

Die kühle Abendluft drängte bereits durch die Fasern seiner Winterjacke und veranlasste ihn, sich in ein Café gegenüber der Station „3/12c" zu setzen. Von außen betrachtet erschien es ihm wie der am besten geeignete Rückzugsort, um sich vor den sinkenden Temperaturen in Schutz zu nehmen. Eine Anzeigetafel, vergilbt und an einer Stelle eingeschlagen, zeigte das Datum des heutigen Tages an. Es war der 16. Januar. Er blieb vor der Türe des Cafés stehen, mit einer Hand umklammerte er fest den eisigen Türgriff, „heute war ihr Geburtstag", stellte er fest und verkniff sich, einen weiteren Gedanken daran zu verschwenden, auch wenn es ihm schwerfiel. Es nützte sowieso nichts, sich mit Vergangenem aufzuhalten. Doch da war es wieder, dieses Rauschen, dieses Pochen, das aus seinem Kopf nicht mehr verschwinden wollte. Dort war kein Platz mehr, um zu denken, da war nicht einmal mehr genügend Raum, um sich auf seine Umwelt zu konzentrieren. Sie verfolgte ihn immer noch, jeden Tag nahm sie ihm die Zeit, sich selbst zu lieben, sich selbst im Mittelpunkt zu sehen, er war schon lange nicht mehr der Hauptcharakter in seiner eigens erschaffenen Welt. Er in einer Welt, die dem Scheitern und Trauern unterwürfig geworden war. Im Sommer hatten die Blumen aufgehört, für ihn zu blühen, die Blätter der Bäume aufgehört zu rauschen. Selbst das Summen der Bienen und das Zirpen der Zikaden von den Ästen der Kiefern war verstummt. Seine Welt war leer und nur von einem ewigen Rauschen begleitet, das kein Ausbrechen in eine andere zuließ. Er drückte die gläserne Türe des Cafés auf, jemand sprach zu ihm, aber er reagierte nicht. Als er sich auf einen Platz am Fenster setzte, kam eine Frau auf ihn zu, die ihn auf etwas hinwies, er hörte ihr zu, verstand aber nicht, was sie von ihm wollte, bis auch sie wieder verschwand. Wer waren diese Menschen, die mit ihm gesprochen hatten? Was wollten sie von ihm? Er war doch bloß eine leere Hülle, der man den Mut zu sein genommen und sie so zurückgelassen hatte.

Keine Erzählungen

Im Zug

Zweigeteilt in Stücken lag ich da. Mein Herz hatte sich von meiner Seele getrennt und war aufgebrochen. Aufgebrochen in eine mir unergründliche Richtung. Wohin, wusste ich nicht. Eine alte Dame am Bahnhof schlurfte, mehr tot als lebendig, an mir vorbei. Ihr Atem war schwer, ihre Lungen rasselten. Warum mir das auffiel, weiß ich nicht. Eigentlich war ich es, den der Tod gezeichnet hatte. Ein Zug fuhr vorbei, danach noch einer. Das Pfeifen und Zischen seiner Räder auf den kupfernen Schienen betäubte meine Ohren so sehr, dass ich beinahe mein Gepäck am Bahnsteig stehen ließ. Ironischer weise war es die alte Dame, die mich freundlich darauf hinwies meine Koffer doch bitte mitzunehmen. Ich bedankte mich und stieg in den Zug, dessen Ziel ich nicht kannte, ein. In der zweiten Klasse setzte ich mich auf einen Platz, der leer war. Er war am Fenster und nebenan war ein zweiter Platz frei. Ich hatte keine große Lust auf einen Nebensitzer, wollte aber auch nicht unhöflich sein und so ließ ich mein Gepäck über mir verstauen. Ein Kompromiss mit dem Gewissen, den ich eingehen musste. Das Fenster im Zug war leicht gekippt und ich konnte die Luft auf meiner Haut spüren. Sie war warm und roch nach Zigarettenrauch, kaltem Metall und billigem Parfüm. Ein oder zwei Tauben, die eng aneinander-gepresst auf einer Leine im Bahnhofsgebäude saßen, gurrten leise vor sich hin. Das Pfeifen des Schaffners schallte zwischen seinen Fingern heraus und ließ sie aufschrecken, sie flogen davon. Das Flattern war bis hier her zu vernehmen und der Zug setzte sich langsam in Bewegung, um seine Reise anzutreten. Schon bald verließen wir die grauen Hallen des Bahnhofes, ließen Rauch und Schienen hinter uns zurück sowie die Zigarettenstummel am Bahnsteig oder die übergequollenen Mülleimer an der Fressmeile. Wer zu diesem Zeitpunkt aus dem Fenster des Zuges gesehen hatte, wurde Zeuge eines regnerischen Frühlingstages, der sich über die Dächer der Stadt gelegt hatte. Leise prasselten Regentropfen auf das Dach und die Fenster des Zuges, bis sie vom Fahrtwind über lange Bahnen am Glas davongetragen wurden. Ich war alleine unterwegs, hatte auch niemanden, den ich gerne dabeigehabt hätte. Es war für mir nicht üblich, in Gemeinschaft zu reisen, und daran wollte ich auch nichts ändern. Außerdem bereitete mir das Reisen nur mit mir selbst große Freude. Außerdem war ich auf zu Orten, die ich selbst nicht kannte, und da wäre eine bekannte Stimme oder ein bekannter Charakter, im fremden Umfeld, mehr hinderlich als zielführend gewesen, um mich unvoreingenommen einzufühlen. Ich träumte von glühend goldenen Orangen, die sich auf riesigen Bergen unter tausenden, von ihres gleichen tummelten. Nur auf einer alten Holzpalette platziert, die diesen Anblick schon hundertfach hatte tragen müssen. Weitere Stände mit exotischem Obst gefüllt, öffneten keine Lücke bis zum Himmel, um etwas anderes sehen zu können. Mit Marmor versiegelte Straßen und Gehwege glänzen im Licht der dekadenten Hochhäuser, auf denen das Volk umherirrt, auf dem Weg zur Arbeit oder zu den herrlichen Marktständen. Nicht einmal ein Staubkorn hätte es wagen können, vom Himmel auf den Boden zu fallen und ihn mit seiner Unreinheit zu beschämen. Vor Scham wäre es verblasst oder Schlimmeres wäre ihm widerfahren. Wunderschöne Frauen in noch schöneren Kleidern neben charmanten, eleganten Männern in gemütlichen Cafés, die einen beim Vorbeispazieren freundlich grüßen, in Worten, die man nicht versteht. Trotz dem aber würde man sich denken können, was sie zum Ausdruck bringen wollten. Um nicht unhöflich zu sein hätte man etwas erwidert, einen freundlichen Gruß oder zumindest ein schlichtes Kopfnicken. Bis man nur wenige Meter weiter sich dann dazu entschlossen hatte, doch noch mal die Gelegenheit zu ergreifen, in selbigem Café zu rasten, einen Espresso zu bestellen, ihn von einem Einheimischen mit gewissem Akzent und Charisma serviert zu bekommen und die warme Mittagsluft auf der Haut zu spüren. Kleine Windböen, kaum stärker als sein eigenes Ausatmen, würden den gewünschten Effekt der Abkühlung zwar nicht bieten, aber weiter darauf hoffen lassen. Der Espresso, so stelle ich ihn mir vor, würde bitter und nicht besonders gut schmecken, im Ambiente des charmanten Paares und des zuvorkommenden Obers aber ungemein besser die Kehle runtergleiten. Die Haare junger Frauen, an der Straße stehend und im Wind wehend, wie dunkelblonden Wellen ausschlagend und einen Zauber hinterlassend, dem jeder verfallen worden wäre. Ich träumte von verwinkelten Gassen, sandfarben und in gebleicht roten und blauen Tönen, die so wunderbar miteinander interagieren, man hätte seinen Blick nie wieder von ihnen losreißen können. Sie wurden gelegentlich unterbrochen von langen Blumenkränzen oder Ranken, die sich durch die Fuhrwerke der Häuser schlängelten, von alten in Glückseligkeit schwimmenden Damen gezüchtet und gepflegt, bis sie eine nie vergessene Stattlichkeit erreichten. Es musste ein wunderschöner Ort sein, dort wo nicht Zuhause war.

Das schrille Pfeifen, das mich beim Bahnsteig verabschiedete, begrüßte mich nun und ich fiel aus den Träumereien zurück in die Realität. Es war bereits Nachmittag geworden, wie mir meine Armbanduhr verriet. Ich fuhr mit der flachen Hand unbeholfen und ungeschickt über meine müden Augenlider und versuchte, mir meine Schlaftrunkenheit so aus dem Gesicht zu zaubern. Es gelang mir nur so mittelmäßig. Mit einem Finger hastete ich zu schnell in Richtung der Augen und berührte eines auf der Linse. Meine Sicht verschwamm einseitig, sodass ich die Tränen wegwischen musste, die sich dank dieses Aufpralls ansammelten. Meine Brille lag vor mir auf dem kleinen Reisetisch der kaum größer war als ein DIN-A5-Buch. So hatten ohnehin nur meine Brille und deren Etui dort Platz gefunden. Ein sanfter, warmer Wind schlich durch das Fenster, als der Zug weiterfuhr, es war noch nicht die Endstation, welche es zu erreichen galt. Mit zunehmender Geschwindigkeit des Zuges wurde der Wind stärker und streichelte lau über meine Haare. Die Brille zog ich wieder auf, um besser sehen zu können. Ich war kurzsichtig und wollte mir nun auch einmal die Menschen im Zug genauer ansehen. Von meinem Sitzplatz aus konnte man genau drei weitere Reisende beobachten. Es waren zwei Männer und eine Frau. Ich zog die Brille tief in meine Augen und betrachtete erst einen der beiden Männer. Er war klein, kam mit den Füßen fast nicht bis zum Boden und hatte kurze lockige Haare. Er war nicht besonders schlank, aber auch nicht gerade dick. Mehr trug er einen kleinen Bierbauch unter seinem grünen Polohemd. Seine Hände zitterten auf der Tastatur seines Rechners wild auf und ab, die Augen weit in den Bildschirm gerichtet. Er könnte ein Schriftsteller sein oder ein fleißiger Mann, der mit Bürokratie in irgendeiner Art und Weise zu tun hat. Aber wer tut das nicht? Direkt dahinter, am Fenster gegenüber saß eine ältere Dame. Ich hätte sie auf 70 geschätzt. Ihr weißes dünnes Haar war schulterlang und berührte sanft ihr hellblaues gestreiftes Kleid. Sie trug, wie ich, eine Brille und auf ihrem Tisch standen eine Packung Antibiotika und ein Kaffeebecher, der leer zu sein schien. In der Hand hielt sie eine Broschüre, sie trug die Aufschrift: „Oben im Himalaya". Ob sie da schon einmal gewesen war, damals in ihren jungen Jahren? War sie eine ehemalige Bergsteigerin. Unsportlich sah sie trotz ihrer grauen Haare und der krummen Sitzweise ja nicht gerade aus. Mir fehlte jedoch der Mut, sie anzusprechen, so blieb es nur eine unausgesprochene Frage, die mich schnell verließ in meinem Kopf. Als Letztes gab es noch den anderen Mann. Er war schon von Beginn der Fahrt an im Zug mit dabei. Ich konnte mich daran erinnern, wie er mit mir eingestiegen war, da er ein sehr strenges Aftershave an sich trug. Es roch nach süßem Holz und Thymian, was nicht zu seinem Aussehen passen wollte. Er saß zwei Reihen weiter vor mir und schlief. Den Kopf hatte er in den Nacken gelegt. Seine Schiefermütze tief ins Gesicht gezogen und den Mund einen Spalt geöffnet, als ob er schnarchen würde. Man konnte, wenn man ihn von Näherem ansah, seine leichten Sommersprossen und eine Zahnlücke zwischen den Schneidezähnen erkennen. Das lange dunkle Haar war zu einem Zopf zusammengebunden und roch nach Duschgel. Ich schätzte ihn so auf Mitte zwanzig. Das Pfeifen im Zug wurde lauter, ich schloss das Fenster, bis es verstummte. Wir hatten mal wieder Halt gemacht. Aber ich wusste, es würde noch dauern bis wir ankommen würden. Ob all meine, im Abteil sitzenden Nachbarn auch dorthin fuhren, dorthin, wohin meine Reise ging? Und wenn ja was machen sie dann da? Hat der kleine lockige einen Autorentermin, seinen neusten Roman vorzustellen. Will die alte Lady etwa einen weiteren Berg erklimmen in ihren späten Sechzigern? Und will der nach Holz und Thymian Riechende vielleicht auf ein Date gehen? Es sind Fragen, welche es zu beantworten galt, diese aber nicht ohne das Zutun der eigentlichen Wissenden in eine Wahrheit umzuwandeln waren und damit unlösbar blieben. Solange man nicht den nötigen Mut, die richtige Art und Weise des Gesprächs zu beginnen und dort hinzuführen, wo man es gerne hätte, aufbringen konnte, blieben diese Ideen nur ungelöste Rätsel und Vorstellungen. Daran ist auch gar nichts verkehrt, das Leben geht trotzdem weiter und das Vergessen über diese noch gerade so intensiv im Bewusstsein verankerten Charaktere lässt uns sie schnell nur noch fragment-artig zurück oder wir vergessen sie schließlich vollständig. So bringt man ihn dennoch nicht auf, den Willen, sie nicht gleich zu vergessen, ihnen nicht die Möglichkeit zu lassen, auf ewig ein Teil von uns zu werden, indem sie uns mit ihren Weisheiten oder Erlebnissen füllen können, so wird ihr Andenken ewig bestehen. Möglicherweise könnte sogar unser eigenes Leben, und das ausgelöst durch nur einen Satz oder ein einziges Wort, umkrempelt werden.

Farbe

Endlose Weiten. Sie waren gezeichnet vom satten grünen Gras und farbenfrohen Blumen, welche aussehen, als ob jemand große bunte Farbkleckse auf einem Bild verschüttet hätte. In mitten dieser Landschaft auf einem Stuhl, der ledern und hellbraun im Schein der Sonne so schimmerte und glänzte wie das Fell eines Pferdes, saß da ein Mensch und verlor seine Blicke in der aufgetürmten und satten Natur. Sein hellblaues Hollandrad stand neben ihm angelehnt, schräg an die Kante seines Stuhls gestellt, und fügte dem gesamten Bild einen milden Beigeschmack der Freiheit hinzu. Ja, all das sehe ich, aber ich sehe nicht mehr als das. Ich könnte mehr sehen, wenn ich es wollte, aber ich kann es nicht. Irgendetwas erlaubt es mir nicht, die Augen zu öffnen, die Schranken meines Blickfeldes zu brechen und die Welt so zu sehen, wie sie ist. Falls sie denn so ist wie sie vorgibt zu sein, und ohnehin nicht nur auf unseren menschlichen Aufnahmefähigkeiten beruht. Frisch gewaschene weiße Wolken zogen gemütlich über den gerade erst zu Blau erstarrten Horizont. Er war vor wenigen Minuten noch in einem warmen Rosa-Rot erstrahlt und die Sonne hatte in ihm aufgeglüht wie ein Komet in der tiefsten Nacht. Der Mensch auf dem Stuhl, welcher auf der Wiese saß, bewegte sich nicht. Überhaupt sah es von Weitem nicht gerade danach aus, als ob er denn noch atmen, geschweige denn leben würde. Irritiert und neugierig huschten meine suchenden Blicke immer wieder zu dem Menschen auf seinem Stuhl. Was machte er dort? War er ein Künstler, der das Landschaftsbild abzeichnen und zuhause aus ihm ein Gemälde machen wollte? Aber wieso bewegte er sich dann so gut wie nicht. Keine sich bewegende Hand, keine krummen Finger, um eine Korrektur an der Zeichnung zu vollführen hätte man an ihm absehen können. Was, wenn er gar nicht zeichnete, sondern einfach nur so an diesem Ort war, um den Sonnenaufgang zu genießen und sich die Wolkenformationen anzusehen. Vielleicht war er ja eine Art Wetterexperte, der aus dem Ablesen der Wolken, wie sie aussahen und dem Geschehen um die Bergketten herum hätte sagen können, wie das Wetter der nächsten Tage wird. Ich gab mich schließlich damit zufrieden, dass ich nicht herausfinden konnte, warum und weshalb dieser Mensch dort auf seinem ledernen Pferdestuhl saß. Dort saß er einfach so und ohne jede Regung, fast wie tot, er schien dort nur zu sein für keinerlei Gründe. So beobachtete ich noch eine ganze Weile die Wolken am Himmel beim Vorbeiziehen. Sie formten sich vor meinem inneren Auge zu den schönsten und interessantesten Gestalten. Ein Löwe, dessen Mähne aus Schlangen bestand, oder ein Mann, der unter einem Regenschirm auf dem Dach eines Hauses spazieren ging, gefolgt von einem Flaschengeist mit einer sehr großen, spitz zulaufenden Mütze. Als ich mich sattgesehen hatte, die Lust am Wolkenzählen verlor, schaute ich, bevor ich auf mein Rad stieg, noch einmal zu der Person auf dem ledernen Stuhl. Immer noch saß er, wie zu jenem Moment, als ich ihn heute Morgen dort entdeckte, da. Er hatte sich nicht einen einzigen Millimeter von der Stelle bewegt. Ich stieg auf mein Rad, blickte nach vorne und fuhr nach Hause.

Es war noch dunkel, als ich geweckt wurde und durch ein Knarren und Kratzen, welches direkt neben meinem Schlafzimmerfenster zu sein schien, aufwachte. Ich warf die Bettdecke zur Seite, tapste mit nackten Füßen über den kalten Laminatboden und strich mit einem Finger vorsichtig den Vorhang ein Stück auf die Seite, sodass ich genügend Platz zum Sehen hatte. Eine Katze turnte auf meinem alten

Holzschuppen neben dem Haus herum und wetzte ihre Krallen an den Holzpfeilern. „Falscher Alarm", dachte ich, da ich bereits davon ausgegangen war, dort unten könnte jemand sein, den ich auf eine merkwürdige und mir unbegreifliche Art erwartete. Da ich nun, wach von all dem Schreck, nicht mehr schlafen gehen konnte, schlüpfte ich in meine Hausschuhe und ging in die Küche. Das ganze Haus lag noch verschlafen im Dunkeln des frühen Morgens, sodass ich das Licht einschalten musste. Heute schien es bewölkter zu werden, als es noch gestern war, und ich hatte das Gefühl, mich heute auch wärmer anziehen zu müssen. Die Topf- und Kübelpflanzen, welche schön akkurat und der Größe nach aufsteigend auf der Veranda standen, wurden von Tag zu Tag karger, ihre Blätter brauner und auch die große Buche im Garten verlor ihre Blätter allmählich und sah immer trauriger aus. Der Herbst bahnte sich langsam, aber sicher an und würde schon bald die Kälte mit sich bringen. Ich machte mir einen Kräutertee, goss ihn auf, setzte mich auf meinen Stuhl, der auf der Veranda neben dem kleinen Tisch stand, und ließ mich von den ersten Vogelgesängen begrüßen wie ein alter weiser König ob er gerecht war, spielt dahingehend keine Rolle sich von seinen Untertanen begrüßen ließ. Es roch vertraut nach Brennnesseln und die frische Melisse in meinem Tee ließ mich meine unsortierten Gedanken wieder neu ordnen. Die Sonne begann gerade damit, sich durch die Löcher zwischen dem Laub meiner Buche zu schlängeln. Diejenigen, den diese Mission gelang, endeten auf meiner Hauswand, ließen sie erröten und erhellten das Land Stück für Stück.

Es war sie, diese Person auf dem Stuhl. Wer ging mit seinem Fahrrad und einem Stuhl auf einen Hügel am Waldrand, nur um sich den Wald oder den Himmel anzusehen? Ich grübelte und überlegte, mein Kopf wurde heiß und ich begann meine

Finger zu strecken oder eine Faust zu ballen. War er möglicherweise obdachlos und auf der Suche nach einer kurzweiligen Bleibe am Waldrand? Vorstellbar, dass sie eine naturverbundene Person ist und deshalb schaute sie von dem Hügel aus in die Richtung der grünen Wipfel. Oder aber sie hatte Streit in ihrer Ehe, hielt es dort nichtmehr aus und wusste sich nicht zu helfen. Dann hätte ich auch mein hellblaues Hollandrad aus dem Schuppen geschnappt und wäre mit dem Stuhl, welchen ich noch aus der Inventur des Hauses hätte mitgehen lassen, unter dem Arm zu einem Ort gefahren, an dem ich hätte nachdenken können. Es hätte alles sein können. So vieles lag im Bereich des Möglichen und Vorstellbaren und dem, was sich abgespielt haben könnte. Ganz egal, wie sehr ich mich auch bemühte, auf die Lösung dieses mir selbst auferlegten Rätsels zu kommen, ich scheiterte immer wieder aufs Neue daran. So fasste ich den Entschluss, noch einmal zu dem Hügel zu fahren und mich zu vergewissern, wer es war, der dort auf seinem ledernen Stuhl saß, den Wald betrachtete und mich im Nebel der Ungewissheit zurückließ.

Schnell schlürfte ich die letzte Hälfte aus meiner Tasse, verbrannte mir meine Zunge, stellte die Tasse in das Spülbecken und ging zurück in mein Schlafzimmer, um mich anzuziehen. Da es immer noch sehr früh am Morgen war, die Zeiger der Uhr gerade die Sechs-Uhr-Marke geknackt hatten, hielt ich es für angebracht, mich warm einzupacken. Ich musste nicht lange überlegen und stülpte mir einen weißen aus Schafswolle gestrickten Pullover, dazu eine dunkelblaue verwaschene Jeans, die an dem linken Hosenbein unter der Gesäßtasche gerissen war, über. Dazu lange graue Socken und eine dicke gefütterte Jeansjacke. Da ich nur zwei Paar Schuhe besaß, fiel meine Wahl auf die wärmeren der beiden. Noch schnell einen Blick in den Spiegel der Toilette geworfen, ging es für mich um sechs Uhr zwölf schon auf die Straßen meiner Wohngegend. Überall lag Frost auf den Motorhauben und Frontscheiben der Autos. „Der erste dieses Jahr", dachte ich oder zumindest der erste den ich in diesem Jahr gesehen hatte. Sanft fuhr ich mit meinem Zeigefinger über die weiße, fast transparente Eisschicht auf der Haube eines roten VW-Käfers. Der Frost verschwand unter meinem Finger. Ein roter dunkler Strich lag nun als Tal zwischen matten eisigen Bergen auf der Haube des Käfers. Er würde nur noch wenige Minuten dort zu sehen sein, denn die Sonne kletterte zügig hinter dem Horizont hervor, schoss über die Kronen der Bäume hinweg und blinzelte schon mit einem Auge über die Dächer, bis bald auch die Straßen, auf denen die Autos und Menschen waren, von ihr erwärmt werden würden. Ich war dankbar für die Sonne, welche heute schien. Ende September war das nicht mehr selbstverständlich, mit ihr den Tag beginnen zu dürfen. Meist lag der Nebel zu dieser Zeit über den Wiesen vor dem Wald und auch in den Gehwegen und Gassen der Siedlung. Bittersüße Melancholie lag in Form von kühlen Tränen an den Fensterscheiben und feuchten Wänden. Die Tassen voll Tee wurden heißer, das Laub erlag der Kälte und alles wurde ein bisschen dumpfer. Es war diese Zeit im Jahr, als die Menschen plötzlich anfingen, weniger zu lächeln, sich in ihren dicken Jacken und hinter noch dickeren Wänden in ihre Häuser verkrochen, so als wollten sie den Winter verschlafen und auf den Frühling warten. Man sah sie dann vielleicht noch ein, zwei Mal, wenn man zufällig zur gleichen Minute am Tag seine Zeitung aus dem Briefkasten holte, ihnen mit erhobener Hand „Guten Morgen" zurief und mehr als ein stummes Nicken nicht zurückbekam. Mit hastigen Schritten, zwei oder drei Stufen auf einmal nehmend, sprinteten sie zurück zur sicheren Haustür, von dort aus verschwanden sie für den Rest des Tages, ohne dass sie jemand zu Gesicht bekam.

Die langen schnurgeraden Straßen wurden, als ich auf meinem Fahrrad durch sie hindurchfuhr, geflutet von rosa-rotem Sonnenlicht. Sie schnitten den grauen Schatten, den die Nacht zurückgelassen hatte, mit jeder Sekunde ein Stück weiter ab und tauchten die Häuser und Gärten in eine warme goldene Umgebung. Die alte rot-verkrustete Kette meines Fahrrads rasselte in der Stille der Umgebung und wurde von den starren Büschen und Hecken der Vorgärten aufgesogen. Ich atmete tief ein und aus, blickte über die dünnen Schwaden meines Atems hinweg, erfreut, wie sie schon wenige Meter hinter mir nicht mehr zu erkennen waren. Die Häuserreihen der Menschen wurden weniger dicht, die taufeuchte Straße schmäler, ich hatte den Vorort meiner Siedlung erreicht. Von hier ging es unter anderem auf die Hauptstraße, nur wenige hundert Meter weiter in südlicher Richtung. Sie führte all die Arbeitenden und Suchenden in die Städte oder zu noch entfernteren Orten, solchen mit Sonnen, die das ganze Jahr für einen scheinen und die Trauer, die der Winter bringt, überbrücken lassen. Oder aber man nimmt den Feldweg, welcher sich in entgegengesetzter Richtung schlängelt und zu dem Hügel am Waldrand führt, mein Ziel. So bog ich vorsichtig ein, um auf den Feldweg zu gelangen. Er war kaum breiter als einen halben Meter, sodass auch keine zwei Menschen nebeneinander Platz gefunden hätten, ohne in die umliegende Wiese auszuweichen. Von der geteerten Straße ging es nun auf schlammigem Untergrund weiter. Der Boden war noch leicht gefroren und damit gut passierbar mit dem Fahrrad. Wie eine Schleuse erstreckte sich der schmale Pfad zwischen den ewig langen Halmen und Gräsern, die wie eine Mauer dastanden. Manche von ihnen ragten, durch den Tau beschwert, in den Pfad hinein. Jedes Mal, wenn ich an einem solchen vorbeifuhr, streifte meine Hose oder ein anderer Teil meiner Kleidung diesen Halm und nahm den Wassertropfen an. So dauerte es nicht lange, bis sich große Flecken Wasser auf meiner Kleidung angesammelt hatten.

Das Rosa-Rot der Sonne war bereits verschwunden. Es war dem Hellweiß der Wolken gewichen. Ein dünner Streifen kühlen Wasserdampfes waberte aus den nahegelegenen Waldrändern hervor und flutete langsam ins Tal und auf die Wiesen. Er bedeckte alles wie eine warme Daunendecke, ließ es in seinem Schutz noch einmal schlafen. Meine Tritte wurden langsamer. Es verlief eine kleine Strecke leicht bergauf, ich atmete tiefer und schneller die kühle Luft ein, sie befeuchtete meine Atemwege, *inhale, exhale*, füllte meine Lungenflügel auf. Es war ein frühherbstlicher Morgen im September. Ich war auf dem Hügel angekommen und machte erstmal eine Pause. Ich stieg von meinem Rad ab und betrachtete das nun hinter mir liegende Tal und die weit hinter ihm schlafende Siedlung, aus der man allmählich das Brummen der Autos vernehmen konnte. Sie schien nun auch zu erwachen und ihre Bewohner auf die Straßen zu spucken. Klare Wassertropfen hingen unberührt vom Rahmen. Ich öffnete meine Jacke, der kleine Anstieg hatte mich gut gewärmt und ich spürte eine kleine Schweißperle auf meiner Stirn, die nicht in dieses Bild zu passen schien. Ein leichter Wind zog auf, es war nicht mehr als eine kleine Brise. Sie wiegte das Gras gleichmäßig auf und ab. Die Köpfe der Halme trieben wellenförmig im Wind hin und her, fast so, als würden sie sich vor mir und meiner Anstrengung verbeugen. „Wie schade", dachte ich mir, „wenn man doch nachts auch so gut sehen könnte wie bei Tag. Welch atemberaubende Naturschauspiele man noch gar nicht gesehen hatte, niemals sehen wird, so oft, wie es dunkel ist." Mein Blick fiel auf den Hügel vor mir, ein schlafender Zwerg im Vergleich zu den Gebirgsketten weit hinter dem Wald, welche dort aufgetürmt und abfallend Millionen Tonnen von Eis trugen. Dennoch lag er ganz ruhig und selbstbewusst inmitten der noch immer grünen Landschaft, zwischen alten Buchen und Brombeersträuchern. Ich sattelte wieder auf und trat in die Pedale. Es ging bergab, der kalte Fahrtwind blies mir fast meine Mütze vom Kopf und ich musste sie mit einer Hand festhalten. Zwei dicke Tränen sammelten sich in meinen Augen und liefen, vom Wind gezwungen, langsam in Richtung meiner Ohren. Das Gras auf der Seites des Pfades verschwamm vor meinen Augen zu einer durchgezogenen grünen und gelben Wand, die unüberwindbar aussah.

Schließlich hatte ich den Hügel erreicht. Mein Fahrrad warf ich sanft an eine Stelle, an welcher das Gras nicht so hoch zu wachsen schien, den Rest des Weges konnte man nur zu Fuß erreichen. Einige Mondblumen, sie waren bereits verschlossen, noch bevor der Tag vollends begonnen hatte, ragten in den kleinen Pfad hinein. Meine Schritte wurden immer schneller. Ich spürte, wie eine gewisse Unruhe mich, gepaart mit aufkommender Neugier, überfiel. Mein Blut schoss mir in den Kopf und meine Lunge pochte. Jetzt konnte ich herausfinden, ob er heute Morgen wieder in seinem Stuhl sitzend in den Wald und auf die Landschaft blicken würde. Meine nasse Hose zog mich nach unten, meine Beine taten weh, er war hier. Oben angekommen, sah ich einen Stuhl. Er war ledern, neben ihm stand kein Fahrrad und es gab auch sonst keine Anzeichen dafür, dass jemand hier gewesen wäre. Vollends erschöpft von dem ganzen bisherigen Tag und enttäuscht ließ ich mich auf den Sessel sinken. Er roch nach alten abgetragenen Kleidern und nassem Gras. Die Sicht von hier oben war unglaublich und ließ mich meinen Kummer um die Bekanntschaft schnell vergessen.

Auch die nächsten Tage kam niemand mehr vorbei. Kein Unbekannter, kein blaues Hollandrad und auch keine

Nachricht oder ein Hinweis darauf. Nur ich ging von diesem Tag an immer wieder auf besagten Stuhl, um mich davon zu überzeugen, wie schön die Welt sein konnte.

Gargoyle

Ich hatte mich auf den Dächern der Stadt verirrt. Meine linke Hand blutete, ich hatte mich an meinem Ringfinger geschnitten, sehr wahrscheinlich war es passiert, als ich über den Schornstein gesprungen war und mich mit einer Hand auf ihm habe abstützen wollen. Ein Mann, den ich auf der Straße unter mir erkannte, sah zu mir hoch. Er trug eine beigefarbene Wollmütze, lackierte schwarze Arbeitsschuhe, eine hellblaue Jeans und ein weißes T-Shirt, das einen Kragen führte. Er trug eine schwarze gespiegelte Sonnenbrille, ich konnte seine Augen nicht erkennen, aber ich konnte trotzdem sehen, dass er zu mir sah und zwar direkt in mein Gesicht. Ich erwartete etwas, nichts passierte. Kein Schrei, keine unfreundliche Geste oder Frage. Er blickte zu mir hoch, bis er wenige Sekunden später seinen Weg fortsetzte und verschwand.

Ein alter Wasserspeier war der nächste Ort, an dem ich mich wiederfand. Meine Gedanken waren unsortiert. Wie war ich hierhergekommen?

In schwindelerregenden Höhen von über 20 Metern saß ich und blickte den Wasserspeier an. Es sah aus wie eine Kreuzung aus einem Ziegenbock und einem Affen, den Mund weit aufgerissen und böse die Stadt betrachtend. Als ob er sie dafür hassen würde, an diesem Ort gefangen zu sein, sich nicht fortbewegen zu können. Ich bemerkte, dass ihm ein paar Zähne fehlten und auch sein Körper unter den tausenden Regengüssen ein wenig gelitten hatte. Grünlich, grau fing er das Licht der Sonne auf und spendete die Wärme ihrer an mich, als ich mich dicht neben ihn setzte. So unfreundlich schien er ja gar nicht zu sein.

Mir fiel auf, dass man von hier oben eine wunderbare Sicht auf die Stadt und ihre Bewohner hatte. Wie hunderte kleine bunte Ameisen wanderten sie dort unten umher, irrten durch Gassen, vorbei an Hochhäusern, in denen einige wiederum verschwanden. Andere saßen am gleichen Fleck für mehrere Stunden, bis sie sich wieder in Bewegung setzten. Hier oben, neben dem Wasserspeier, verblieb ich eine Weile sitzend und zusammengekauert, aber entspannt. Die Sonne schien noch lange in den Abend hineinsinkend auf die Stadt und die Menschen herab. Sie spendete Wärme und präsentierte einen herrlichen Abendhimmel, der rot und rosa aufleuchtete. Weiße Wolken zogen wie weiche Wattekissen vor ihm vorbei, bis die Sonne langsam, hinter den Bergen hinunterfiel. Dieser rote Feuerriese stimmte die Stadt auf den Abend ein, welcher langsam aber sicher Einzug fand. Das Rosa-Rot wich dem Blau der Nacht und ließ die Sterne hinter der schwarzen Decke hervorblinzeln.

Mein Finger tat nun nicht mehr weh, das Blut war gestockt und begann zu verheilen. Da ganz plötzlich begann der Wasserspeier zu sprechen.

„Es wird Zeit zu gehen", sagte eine knochige, schroffe Stimme in die Nacht hinaus.

„Wie bitte", entgegnete ich fragend, wobei sich meine Stimme überschlug.

Keine Antwort. Nur Stille umgab uns zwei.

Es war bereits Mitternacht. Die Kirchturmuhr schlug und die großen Glocken im riesigen gotischen Bauwerk klangen in die Stadt hinaus, den letzten Wachgebliebenen die Zeit zu verkünden. Der Wasserspeier war still, sagte keinen Ton mehr. Ich stemmte mich hoch, riss meine Arme in die Luft, erhob meine Beine und flog in die Weite der Nacht hinaus, auf der Suche nach etwas, das sich von mir finden lassen wollte.

Tauben

Seit drei Jahren nun … Seit drei Jahren erlebe ich jeden Morgen einen leblosen, grauen Morgen. Ja, seit bereits drei Jahren verspüre ich die Sehnsucht als auch die Gleichgültigkeit, welche langsam in Trauer und Selbstmitleid ertrinkt. Ich vermutete immer, dass es anders werde. Zumindest anders, als es jetzt ist, wenn ich doch nur warten könnte. Ich stand auf und schaute aus dem Fenster. Auf dem verblühten Kirschbaum, er war direkt neben meinem kleinbürgerlichen Hof geerdet, saßen, wie an jedem Morgen, die zwei Ringeltauben. Sie putzen sich gegenseitig, mit größter Fürsorge und Verständnis, ihr Gefieder so, dass man annehmen konnte, sie wüssten, an genau welcher Stelle der andere es liebte. Ich wusste, dass Tauben in lebenslanger Monogamie lebten und sich auch gemeinsam um die Nachkommen kümmerten. Ein ganzes Leben den gleichen Partner… „Immer dasselbe"… dachte ich verschlafen. Ich mochte nicht glauben, sie empfänden das Gleiche wie Menschen untereinander in einer Liebesbeziehung. So wie ich sie beobachtete, erschien mir dieser Gedanke aber immer ferner und absurder. Sie sahen, so in ihrem silberviolett schimmernden Kleid, den weißen Farbklecks im Nacken klebend, aus wie ein altes Ehepaar, welches über die vergangenen gemeinsamen Jahrzehnte die Züge des anderen schon angenommen hatte wie eine zweite Haut. Ich konnte sie trotz dessen auseinanderhalten, da eine der beiden einen grünen Schimmer über dem weißen Farbklecks hatte und schon fast aussah wie eine mitteleuropäische Kopie eines Kanarienvogels. Ich starrte noch eine Weile aus dem Fenster, vollends fasziniert, den beiden Tauben beim Putzen zuzusehen. Ich glaubte daran, wie sie sich liebten und die Freiheit in der Luft zusammen teilen konnten, überall hinfliegen, dem anderen folgen, ihm zusehen, wie er fast akrobatisch im Widerstand der Luft davongleitet und die nächsten alten Linden ansteuern würde, die seit hunderten von Jahren, angewurzelt an der gleichen Stelle, wuchsen und schon so viele Liebespaare gesehen haben mussten. Dort würden sie hinfliegen und, gemeinsam im Moment erfüllt, die Zeit vergessen und einfach nur noch sein.

Schrille Töne des alten Weckers meiner Eltern rissen mich aus diesem Gedankenspiel. Die Tauben saßen immer noch auf dem Zweig im Baum, sie bemerkten mich gar nicht. Den Wecker hatten mir meine Eltern geschenkt, als ich auszog, zufällig war es dasselbe Jahr, in dem ihre Rente anfing. Mit beinahe verhöhnenden elterlichen Sprüchen wie „So, wir brauchen ihn ja jetzt nicht mehr" oder „Geh auch immer früh ins Bett" konnte ich nichts anfangen und ignorierte diese auch gekonnt, als ob ich nie etwas anderes gemacht hätte.

Ich hatte fast vergessen, in welchen Gedanken ich vorher Zuflucht suchte, allerdings gab ich mir auch keine besondere Mühe, wieder in diese einzutauchen und noch mehr Zeit am Fenster, vor dem Kirschbaum, zu verbringen und ihn als auch die Tauben weiter anzustarren. In der rechten unteren Ecke meines Zimmerfensters war ein Thermometer angebracht. Es hing an zwei kleinen eisernen Stäben, welche in den Putz der Hauswand verschraubt waren. Es war klein, alt und angelaufen, sodass es einem unmöglich war, zu sehen, ob es gerade 21 Grad oder 25 Grad anzeigte. Ich kannte viele Menschen, denen dieser Zustand der Unwissenheit nicht lange erhalten geblieben wäre, sie vor lauter Unruhe ihre Computer zum Laufen gebracht und auf die nächstbeste

Wetternachrichtenseite geschaut hätten. Ein innerer Trieb, die Perfektion der Aufnahme alles möglichen Wissens im Alltag hätte viele dazu getrieben, dieses alte angelaufene Thermometer zu ersetzen. Mich jedoch kümmerte es wenig. Mir war es egal, ob ich nun wusste, ob wir 21 Grad oder 25 Grad hatten. Außerdem war es für den heutigen Tag ohnehin irrelevant, da die Strahlen der Sonne das Quecksilber nur auf 15 Grad klettern ließen. Ein taufrischer warmer Frühlingsmorgen.

Es war der erste Tag im Neujahr, an dem wir über die 10-Grad-Grenze kamen, und es war auch der erste Tag, an dem man die Wärme der Sonne durch das Fenster schon wahrnehmen konnte. Ich stand bereits eine ganze Weile an meinem Fenster und blickte nichts wirklich Konkretes an, ich war mehr in Gedanken versunken. Einige Sonnenstrahlen schlängelten sich durch die Lücken der Blätter in den Bäumen und vorbei an Tauben und Blüten bis hin zu meinem Fenster, wo sie, gebrochen vom Glas, auf mein Gesicht fielen und jedes kleine Härchen sich, erwacht aus seinem Winterschlaf, gen Sonne streckte. Ich fühlte mich geborgen und schloss meine Augen, während ich meine nackten Zehen in den Dielen des Eichenparketts vergrub. Für einige Zeit verblieb ich so und dachte an nichts, nur an das Gefühl, das einem der Frühling bringt, wenn es warm wird, die Knospen sich aus ihren Winterschlössern wagen, um der Sonne entgegenzutreten und im Wettstreit mit den anderen ihr die schönsten Blüten und Blätter zu präsentieren. Vögel, welche nach ihren langen Reisen zurückgekommen, die herrlichsten Orchester zwischen jungen Gräsern und platzenden Knospen anstimmen, verweisend darauf, dem klanglosen Winter entkommen zu sein und nun das schöne Neu in der kühlen Sonne erwecken zu lassen. Auf meinem Hof war es, wie so ziemlich an jedem anderen Morgen, ruhig und man vernahm die Klänge und Laute nur, wenn man auch bereit war, sie zu hören. Ich war es an diesem Morgen und konnte fernab meiner Glasscheiben das leise Plätschern und Gluckern des Baches hören. Ich mochte diesen Bach sehr gerne, denn er schnitt zwischen meinem kleinen Gewächshaus die Farm ab in Richtung des Wäldchens in südlicher Richtung. Eine kleine selbstgebaute Brücke aus Buchenholz thronte über dem Bach, als ob es die zu einem Zauberschloss wäre. Sie war an den Enden des Geländers verschnörkelt mit allerlei floralen Mustern und schimmerte, da sie weiß gestrichen war, wie ein Stern im Licht der Sonne. Den Himmel auf Erden, nannte sie meine Mutter daher früher gerne. Ich verstand nie, warum sie das sagte. Bis heute…

Mein Blick fiel auf das digitale Ziffernblatt meines Weckers. 8:24 zeigte es an, was so viel hieß wie, dass es Zeit war, nach unten in die Küche zu gehen. Die Eichenholzdielen knarzten erneut, als ich an meinem Bett vorbei, den Wollteppich elegant überspringend, über sie hinweg trat und meine Schlafzimmertür öffnete, um nach unten zu gehen. Die Sonnenstrahlen passierten das Fenster von der Westseite des Hauses und fluteten den Flur mit Licht und Wärme. Auf einem metallenen Gerüst in der linken vorderen Ecke des Flurs befand sich ein Topf, in welchem sich eine kleine Blume befand. Sie neigte ihren kleinen gelben Kopf zur Sonne und formte mit ihrer Hilfe abstrakte Schatten, die sich wiederum auf dem Fußboden ablegten. Ich beobachtete, wie sich die Schatten gemütlich auf und ab bewegten. Das Fenster war gekippt und die frische Morgenluft brachte den süßen Duft von blühenden Sträuchern und den herben Duft vom Gras der taubedeckten Wiesen in den Flur, sodass, wenn man die Augen schloss, man zu glauben vermochte, auf einer Wiese zu stehen, auf welcher weit und breit keine Menschenseele war. Den Duft der Natur in sich zu verschließen, die Wolken am

Himmel beim Vorbeigleiten zu beobachten und friedlich der Zeit beim Stehenbleiben zuzusehen, verschaffte mir das reine, warme Gefühl der Freiheit. Verträumt und gedankenverloren schlich ich die Treppen, die zur Küche führten, hinunter. Unten angekommen offenbarte sich mir erstmal ein Bild der Unordnung und Verwüstung. Leere Kaffeebecher, gestapelt in Styroporbehältern, bei welchen man schon gar nicht mehr abschätzen konnte, ob es sich um eine Pizza oder Nudelpfanne oder etwas ganz anderes gehandelt haben könnte. Mein Blick glitt weiter durch den unaufgeräumten Raum, vorbei an Tellern, Gläsern, welche rosarot, die weiße Wand hinter ihnen färbten, bis hin zum Spülbecken. Hinter dem Spülbecken war ein Fenster eingelassen und ließ mich einen Mann auf seinem Fahrrad erkennen, der scheinbar in Richtung des Ortsendes unterwegs war. Um diese Zeit war das doch unüblich, jemanden zu sehen, wie er in Richtung des Feldweges fuhr, wohin er wohl wollte? Der Abfluss im Spülbecken war verstopft mit allerlei Essensresten, welche teils aufgequollen und träge an der Oberfläche des Wassers schwammen. Ein leichter Würgereiz drückte mir auf den Magen und schließlich auf den ganzen Körper. Ich vermutete, mich zu übergeben, konnte mich jedoch dazu durchringen, es nicht zu tun. Ich blieb noch gut ein paar Sekunden wie erstarrt stehen, ohne einen klaren Gedanken fassen zu können, bis mir schlagartig klar wurde: „Ich muss hier sauber machen". Also griff ich zum Schwamm und Putzlappen und beseitigte alle Unansehnlichkeiten, die mir gerade so in das Auge fielen. Der Kühlschrank war das Schlimmste und machte am meisten Arbeit. Nicht nur, dass ich mich zuerst vorbei an von bunten Haaren befallenen Gemüse und saurem Joghurt quälen musste, um bis an meine, zum Glück noch haltbare, Milch zu gelangen, die ich noch retten wollte. Ich musste auch noch etliche Verpackungen diverser Lieferketten, welche nach Vergammelten rochen, entsorgen.

Nachdem ich über eine Stunde damit verbracht hatte, die Küche in einen Zustand zu versetzen, in welchem man sich unproblematisch in ihr aufhalten konnte, atmete ich einmal, dann ein zweites Mal gut durch. Die Spülmaschine brummte und gluckerte und es roch nach Waschmittel. Ich schnappte mir eine frisch geputzte Tasse aus dem Regal und stellte sie unter den Kaffeeautomaten. Auf der Tasse war ein kleines Schaf abgebildet, welches über einen Zaun sprang. Ich hatte sie damals von meinen Eltern geschenkt bekommen, als ich gerade meinen achten Geburtstag feierte. Es gab damals Kirschkuchen, weil ich den am liebsten mochte und ihn mir gewünscht hatte, trotzdem war es kein schöner Geburtstag, da ich meine beste Freundin im Streit um einen Plüschvogel verlor, den sie unbedingt haben und ich nicht geben wollte. Das hatte mich früher ganz schön mitgenommen, da ich außer ihr nicht viele Freundinnen oder Freunde hatte. Meine Erinnerungen wurden vom Geruch des frisch gemahlenen Kaffees und dem Surren der Maschine unterbrochen, welche meine Sinne umspülten. Die Tür zur Terrasse lag auf der Westseite des Hauses und bot somit den idealen Platz, um dort etwas Sonne zu tanken. Ich trat zur Tür, öffnete sie nach außen hinweg und musste meine Augen kurz ein bisschen zukneifen, da mich die Strahlen der Sonne wie Geschosse ins Auge trafen. Nach wenigen Sekunden, in denen ich mich bereits auf eine Bank in der linken Ecke der Terrasse setzte und meinen Kaffee auf einem Hocker direkt nebendran abstellte, gewöhnten sich meine Augen an die Helligkeit und konnten das Geschehen der Welt an diesem Fleck der Erdkugel betrachten. Weicher Frühlingswind strich mir die Haare von den Augen und brachte mir den süßlichen Duft frischer Blumen und Gräser unter die Nase. Genüsslich atmete ich sanft ein und aus, nahm einen Schluck aus meiner Tasse. Der Kaffeesatz hatte sich schon am Grund der Tasse gebildet, als mir bewusst wurde, wie lange ich heute Morgen brauchte, um aus dem Bett zu kommen. Ich fing an, wieder an die beiden Ringeltauben zu denken, wie sie sich gegenseitig pflegten und liebten. Gemeinsam durch die Weltgeschichte flogen, um an den entlegensten Orten Rast zu machen, wo noch kein anderer je vor ihnen gewesen war. Sie würden gemeinsam die Luft durchschneiden, Stürmen im Schutz eines Holunderstrauches oder Baumes trotzen und bei Sonnenaufgang wieder hier in meinem Kirschbaum sitzen, um sich vom gestrigen Tag zu erholen. Vielleicht würden sie auch eines Tages, wenn die Zeit es zuließe, zu diesem Baum, im nächsten Frühjahr, zurückkehren und ihn als würdig auserwählen, ein Nest zu bauen. Dann würde der Tauberich die schönsten und besten Äste und Hölzchen suchen, um mithilfe seiner Täubin ein weiches, warmes und sicheres Nest zu erbauen, um die Eier vor jeglichen Gefahren zu schützen. Sie würde sich um die Kinder mit größter Fürsorge und Liebe kümmern, bis sie flügge wären und das schöne Haus verließen. Sie beide würden ihnen zusehen, wie sie die ersten Male zu fliegen versuchten, die Ersten zum Scheitern verurteilt, und sie es doch nach kurzer Zeit schaffen würden, ihre Schwingen in den Himmel zu setzen. Am Ende, so glaube ich, bleiben die beiden hier im Kirschbaum. Putzend und sich gegenseitig verwöhnend im Schein der Sonne, den Duft der Blüten innehabend, von Sorgen und Problemen befreit, aufbrechend zu neuen Orten. Bis sie eines Tages, wenn die Frühlingssonne das erste Mal im neuen Jahr die Wolken bricht und das Quecksilber im Thermometer ansteigen lässt, nicht mehr zurückkommen würden. Ich wusste, dass mich das traurig stimmen würde, vielleicht sogar mehr als der Tag, an dem ich meine letzte beste Freundin verlor.

Mein Kaffee war leer. Der Kaffeesatz am Boden der Tasse war fast eingetrocknet und die Sonne stand schon lange im Südwesten am Horizont. Nur ein fahler letzter Sonnenstrahl kämpfte sich an der Kante der Hauswand vorbei und strich mir sanft und warm über das Bein wie ein alter Freund, bis auch er verblasste und sich hinter dem Haus versteckte. Das Leben war doch eigentlich ganz schön so, wie es war.

Briefpapier

Sorgfältig faltete ich die letzten Ecken des Briefpapiers in meinen Händen. Es war fein und dünn, so fein und dünn, dass man fast hindurchsehen hätte können. Kleine blumenartige Muster, die sich im Zusammenspiel kleiner, runder Förmchen in sich und um sich wanden und schlängelten. Es war das, und das sage ich mit Vorsicht, schönste Briefpapier, das ich jemals in den Händen hielt. Ich gestand mir dabei selbst zu, das sagen zu dürfen und es als gewichtig zu betrachten, wie ein alter Richter Meister seines Fachs ist und jeder, der sein Leben einer Sache verschrieb, da ich schon sehr viele von ihnen durch meine Finger habe gleiten lassen. Hunderte, tausende, ja vielleicht sogar noch mehr. Das kam daher; - ich steckte den Brief vorsichtig in den Umschlag -, dass ich seit nun mehr als 15 Jahren Briefe schreibe, an einen mir unbekannten Brieffreund aus Berlin. Naja, ich möchte gestehen, so unbekannt war er mir nach nun 15 Jahren, in welchen wir eine unzählbare Menge an Briefen uns gegenseitig haben zukommen lassen, nun doch nicht mehr. Zumindest in seinen Ansichten oder dem, was er versuchte zu vertreten. Wer oder was dahinter an seinem Tisch saß, den Stift führte, die Tinte zu Papier brachte, weiß ich bis heute nicht. Er hätte groß oder klein sein können, hätte eine Brille, dazu einen gekämmten Moustache und karierte Hemden tragen können. Ich wusste es nicht. Genauso wenig wusste er nicht, wie ich aussah. Anfangs lernten wir uns über ein Portal in der Zeitung kennen. Das war ein Aufruf an alle schreiblustigen Leser, ich war damals gerade mal 13 Jahre alt, als meine Mutter mich darauf aufmerksam machte. Ich war sofort begeistert von der

Idee und wollte direkt anfangen, einen kleinen Monolog zu schreiben. Anfangs war ich sehr aufgeregt, als ich meinen ersten Brief an meinen ersten Brieffreund geschrieben und ihn dann in den Umschlag gesteckt hatte. Meine Mutter und ich klebten dann noch eine Marke auf den Umschlag, sie war gelb und grün und hatte eine Ente, die auf einem Teich schwamm, darauf abgebildet. So wie wir den Brief also fertig gestellt hatten, gingen wir gemeinsam, Hand in Hand, mit meinem kleinen Heiligtum zum Postamt. Ich weiß noch genau, wie die alte Dame hinter dem Tresen zu mir herunterguckte, mir, nachdem sie den Brief genommen hatte, mit einem gezwungenen Lächeln sagte, dass es nun 17 Cent mache und ihn lieblos in eines der Regale stopfte. Ich zahlte das damals selbst von meinem Taschengeld und war sehr stolz, als ich das Postamt danach ohne meinen Brief verlassen hatte. Am selbigen Abend noch hatte ich bereits drei weitere geschrieben. Für den Fall einer direkten Antwort, da ich bei meinem ersten richtigen Freund keine Fehler machen wollte. Sie waren alle nicht sehr lang und inhaltlich ging es meist nur darüber, was ich in meiner Freizeit machte oder aber, wie mein letzter Urlaub mit der Familie an der Côte d'Azur war. So schrieb ich von meinen Pferden auf dem Reiterhof, wie ich sie striegelte, durch ihre schönen dichten Haare fuhr, und von herrlichem türkisfarbenem Meer, das den heißen Sand so schön weich und kühl machte. Es dauerte etwa eine Woche, bis ich eine Antwort erhielt. Meine Mutter kam an diesem Tag von der Arbeit zurück, als sie in den Briefkasten schaute und dort ein in blaues Briefpapier gesteckter und mit einer orangenen Briefmarke beklebter Umschlag lag. Sie gab ihn mir mit den Worten: „Na, dann schau mal rein, was er denn so geschrieben hat." Zuerst las ich die Adresse mehrmals durch, um mich davon zu überzeugen, er komme wirklich aus Berlin. Und um genau zu sein, aus der Bernkastelener-Straße 13. Wie von einer Tarantel gestochen rannte ich durch das Haus auf der Suche, etwas Passendes zu finden, um den Brief so vorsichtig zu öffnen wie nur möglich. Fündig wurde ich in der Küche, dort lag eine kleine Nagelschere, scharf und spitz genug, um den Brief, ohne ihn zu beschädigen, öffnen zu können. Ein gerader Schnitt ohne Kanten. Ich öffnete ihn und zog ein hellweißes, leuchtendes dickes Papier hervor. Eine Blume und ein Balkon zierten die Vorderseite der Briefs, auf welchem mein Name stand. Als ich ihn wendete, enthüllte sich mir ein Anblick, den ich nicht erwartet hatte. Eine ganze DIN-A4-Seite sorgfältig und sauber gedruckter, mit Serifen verzierter Buchstaben, wie ich später erfuhr, wohl von einer Schreibmaschine stammend. Ich war so erstaunt von dem, was ich da zu Gesicht bekam, dass ich anfangs vergaß, zu lesen, was er eigentlich geschrieben hatte.

Er hieß Yona und was er schrieb, war für meine jungen Augen fast so etwas wie Poesie. Er berichtete über das Wetter, Tiere, die er im Zoo angesehen hatte, und wie er allein im Wald spazieren gewesen war, die Vögel beim Zwitschern belauschte sowie, dass er ein Rehkitz mit seiner Mutter nur wenige Meter neben ihm, aus dem Gebüsch herüberblickend, angesehen hatte. Eigentlich nichts Ungewöhnliches oder Unglaubliches, aber er schrieb es mir, mit Worten, die noch nie jemand mir gegenüber benutzt hatte. Es war atemberaubend. Ich las akribisch, dennoch in aller Seelenruhe den Brief durch, ohne auch nur ein Wort auszulassen. Als ich damit fertig war, las ich ihn ein zweites Mal und dann noch einmal. Ich wollte alles in diesem Brief Geschriebene in mich aufsaugen und nicht die kleinste Kleinigkeit dabei auslassen. Es war mein erster Brieffreund und es stimmte mich unbeschreiblich glücklich, zu lesen, was für einer es war. Ich hatte den Brief bestimmt an die dreizehn Mal bis zu dem Zeitpunkt gelesen, als mich meine Mutter zum Abendessen rief und ich schweren Herzens den

Brief aus meinen Händen habe legen müssen. Langsam öffnete ich meine Zimmertür, die knarzend hinter mir zurück ins Schloss fiel, bevor ich die Treppen erreichte. Wie vom Blitz getroffen sprang ich die Treppen in den ersten Stock hinunter. Überflog manchmal zwei oder drei Stufen auf einmal. Es polterte und knallte, das ganze Haus schien zu beben unter dem Gewicht einer Dreizehnjährigen. Die letzten vier Stufen in den Flur übersprang ich. Am Geländer fand ich mit einer Hand Halt, um mich zu stabilisieren und in der kurzen Flugphase nicht die Kontrolle zu verlieren. Als ich auf dem Boden aufkam, dumpf, hallte es durch den Flur, bis der Klang im Rest des Hauses verstummte. Ich setzte schnellen Schrittes meine Reise fort, glitt wie eine Schlange um die Ecke und rutschte beim Versuch, zu bremsen, in meine am Backofen stehende Mutter. Verdutzt und ein wenig überrascht fing sie mich auf, sie gab mir einen Kuss auf die Stirn, ihr Lippenstift roch nach Rosen und Wachs. Sie bückte sich vor, ging auf die Knie und legte liebevoll ihre Unterarme auf meinen Schultern ab, warf sie hinter meinem Kopf über Kreuz und fragte mich, warum ich denn so gerannt sei. Daraufhin fragte ich sie, ob sie morgen früh denn Zeit hätte, mit mir an Yona - „so heißt mein neuer Freund", - einen neuen Brief schreiben zu können. Sie grinste, zeigte hinter ihrem roten Lippenstift ihre schneeweißen Zähne und ohne ein Wort zu sagen, nickte sie zustimmend. „So, aber jetzt musst du erstmal was essen", sagte sie so, als hätte ich vergessen, dass man ab und an einmal etwas Nahrung zu sich nehmen sollte. Am Abend lag ich vollgestopft und zusammengekauert, wie ein Embryo, in meinem Bett. Ich schlief noch nicht. Das Fenster in meinem Zimmer ließ den Vollmond, der an diesem Abend den Himmel durchstreifte, ganz nah erscheinen. Er war größer und heller als sonst, wenn das denn möglich war. Die Helligkeit erlaubte es mir nicht, einzuschlafen, obwohl ich sehr müde war, so wälzte ich mich von Seite zu Seite, schlug meinen Kopf in immer anderen Positionen auf meinem Kissen nieder, aber nichts half. Eine gefühlte Ewigkeit später entschied ich mich, den Brief von Yona noch mal zu lesen. Ich hatte ihn davor auf meinen Schreibtisch gelegt, von dem ich ihn jetzt wieder aufnahm und zu mir holte. Ich kletterte mitsamt dem Brief unter meine Bettdecke. Die Taschenlampe auf meinem Nachttisch lag immer bereit, für den Fall, einer nächtlichen Leseattacke zum Opfer zu fallen. Diesmal überflog ich den Brief regelrecht, als hätte ich ihn selbst verfasst und wüsste ganz genau, an welchen Stellen welches Wort und welches Thema behandelt worden wäre. Einzelne Textpassagen kannte ich schon auswendig, andere weniger. Ich dachte an den morgigen Tag. Es würde ein Samstag werden, der Wetterbericht kündigte Temperaturen von bis zu 27 Grad an bei wolkenfreiem Himmel. Yonas Brief legte ich zurück in den Umschlag unter mein Kopfkissen. Den Rest der Nacht schlief ich durch und hatte wunderbare Träume von dem Schreiben der Briefe, wie er und ich uns die ganze Zeit mit Informationen und Erlebnissen füttern würden. Jede Woche auf ein Neues die Freude, ein Stück des anderen zu erhalten, darin eintauchen zu können und sich zu verlieren in den Worten des anderen. Anfangs waren es meist nur Papiere über die Zeit in der Schule, den letzten Kindergeburtstag oder das Weihnachtsessen mit der Familie. Ab und zu schrieben wir auch über Menschen, die wir kennenlernten und interessant fanden. Dass wir uns einander wöchentlich Briefe schrieben, hielt ungefähr etwas über ein Jahr. Ich war gerade 14 geworden und bereits in die 8. Klasse des Gymnasiums eingezogen. Ich fing an, immer weniger zu schreiben und das auch noch unregelmäßiger. Die anfängliche Euphorie war ausgehärtet in eine Gewohnheit, zu der ich mich selbst mehr zwang, als dass sie mir Spaß bereitete. Andere Sachen wurden interessanter. Jungs, der Sport, sich schick anzuziehen und mit Freunden abzuhängen und nicht bloß mit ihnen zu schreiben. Allmählich brach der Kontakt ab. Ich saß nur selten zu Hause und nahm mir nicht mehr wie früher die Zeit, stundenlang an einem Blatt Papier die richtigen Worte zu finden und über die vergangenen Tage Bericht zu erstatten. Es wurde erst unregelmäßiger, dann selten, bis ich es ganz sein ließ, Yona zu schreiben. Ich glaube, er hatte das gemerkt, denn er schrieb auch nicht mehr so oft wie anfangs. Manchmal dachte ich, er hätte dieselben Probleme wie ich und kam aus den gleichen oder zumindest ähnlichen Gründen nicht dazu. Das Ganze ging über drei Jahre. Vieles war seither passiert, denn ich hatte bereits einen festen Freund gehabt, mich aber von ihm getrennt. Es war eine schreckliche Zeit gewesen und sie hatte mir viel abverlangt. Meine Mutter tröstete mich in dieser Zeit sehr oft und wollte mir unter die Arme greifen. Zornig und verwirrt, wie ich war, wies ich jede Art der Zärtlichkeit gekonnt ab und versteckte mich in meinem Zimmer, bis ich schließlich Geburtstag hatte.

18 Jahre alt und erwachsen. Doch ich war nicht wirklich erholt. Die Trennung war nur wenige Wochen her und ich spürte, wie sich mein Herz noch nach ihm streckte und nicht loslassen konnte. Morgens gab es viele Glückwünsche und Anrufe von Verwandten, einen Kuchen, den meine Mutter extra für mich gebacken hatte, vegetarisch und mit vielen Früchten. Ein Lächeln konnte sie mir damit zwar nicht entlocken, aber ich fühlte mich ein wenig besser. Wir gingen gemeinsam im Park nebenan spazieren. Wir belauschten unter einer großen Linde das Zwitschern der Rotkehlchen und Amseln, die in den Ästen über uns saßen. Die Sonne leuchtete vom Himmel, der warme Kies unter meinen Schuhen knirschte bei jedem Schritt, während die Welt in mir

allmählich wieder zu leuchten begann. Die dunklen grauen Wolken fingen an, sich aus meinen Gedanken zu verabschieden. Zu Hause öffnete meine Mutter die Haustüre. Sie trat herein, ich nach ihr. Plötzlich beugte sie sich nach vorne und hob etwas auf. Sie drehte sich um und hielt mir einen Brief vor die Nase.

Bernkastelener Straße 13, Berlin, stand ganz klein und zentral platziert auf dem Umschlag. „Yona", wollte ich lautstark rufen, unterdrückte diesen Ansturm an purer Freude, die mich überkam, jedoch. Ich griff vorsichtig nach dem hellblauen Umschlag und rannte mitsamt Jacke und Schuhen in mein Zimmer. Auf dem Weg dahin machte ich einen Abstecher ins Bad, aus welchem ich eine Nagelschere mitnahm, um den Brief, ohne ihn zu beschädigen, öffnen zu können. Ich warf mich auf mein Bett, die Decke sank unter meinem Gewicht zusammen und die Matratze knallte mit einem lauten Klappern auf den Lattenrost. Die Schere in der linken und den Brief in der rechten Hand schnitt ich einen Schlitz in die Oberseite des Umschlags und zog ein hellgrünes Blatt Papier hervor, fast transparent und in der gleichen Schrift bedruckt wie alle anderen Briefe, welche ich die Jahre zuvor von Yona erhalten hatte. Es war nur eine Seite und darauf stand ...

Hey,

ich bin es, Yona,

ich schreibe dir, um mich persönlich zu vergewissern, ob du mich bereits vergessen hast oder ob du dich noch an mich erinnerst. Mir ist nicht klar, warum wir einander die letzten Jahre nicht geschrieben haben, ich mache mir Sorgen, dass nun die Zeit gekommen ist, vor welcher ich schon zu Beginn an Angst hatte, und zwar, dass diese Brieffreundschaft ein

Ende gefunden hat ohne mir ersichtlichem Grund. Bitte schreib mir doch zurück ich würde mich freuen.

In Freundschaft

Yona

Als ich mit dem Lesen fertig war, sank ich in mein Kissen zurück und starrte an meine Zimmerdecke. Es mussten zwei Stunden gewesen sein, in denen ich nichts anderes tat, als dazuliegen, die Decke anzustarren und über das nachzudenken, was auf dem Stück Papier stand. Er hatte all die Jahre an mich gedacht, in denen ich ihn vergessen hatte. Mein Kopf drehte sich, mir wurde schlecht und ich fühlte mich mies. Wie konnte ich denn nur so egoistisch sein, Yona einfach zu vergessen, aus meinem Leben zu streichen, wo er es doch nicht mit mir getan hatte. Mir wurde es unfassbar unangenehm, eine Träne kullerte meine heißen Wangen hinunter und tropfte auf mein Kissen. Ich wusste nicht, was das Richtige in dieser Situation sei und wie ich jetzt agieren sollte, um die Situation zu bewältigen. Ich ging ins Bad, wusch mir das Gesicht und schlich leise und ängstlich im Haus umher. Vom vielen Hin-und-her Überlegen würde mir schwindelig. Mehrmals saß ich bereits an meinem Schreibtisch, warf zerknüllte Papierkugeln in den Müll oder an die Wand. Auf ihnen standen nur ein paar Buchstaben, manchmal auch ganze Sätze, aber keiner gefiel mir oder taugte in meinen Augen. Nichts war gut genug, abgeschickt werden zu können. Unschlüssig warf ich mich zurück in mein Bett. Zum Abendessen ging ich erst gar nicht, ich sagte, dass mir schlecht sei, aber ich glaube, meine Mutter wusste, warum ich nicht wollte. Es war wegen Yona.

Am nächsten Tag bleib ich zu Hause, ich hatte die Nacht über Fieber bekommen, zu kurz geschlafen und war immer wieder aufgewacht. Meine Mutter musste arbeiten, also war ich allein im Haus. Ich machte mir ein kleines Frühstück, bestehend aus zwei Eiern und einer Scheibe Zwieback, die ich mit Butter und Marmelade bestrich. Dazu schaute ich eine Doku über Meerespflanzen, welche ich gedankenverloren im Fernseher verfolgte. Als ich mit dem Essen fertig war, die Meeresdokumentation beendet war, von der ich nur die Hälfte mitbekommen hatte, spülte ich alles ab, machte die Küche sauber und ging zurück auf die Couch. Aus dem Fenster heraus konnte ich die Wolken beim Vorbeiziehen beobachten, bis sie hinter dem Horizont verschwanden. Ich sah, wie die Blätter draußen zitterten, es musste ein leichter Wind gehen. Die Vögel saßen ruhig auf den Bäumen und die Welt schien ihren Frieden gefunden zu haben. Als würde es automatisch geschehen, griff ich zum nächstbesten Blatt Papier, schnappte mir einen Kugelschreiber vom Küchentisch, legte mich zurück vor das Fenster und schrieb einfach drauflos, ohne zu wissen, wo es mich hinführte. Ich schrieb über dies und jenes, es konnte das Wetter sein, im nächsten Satz aber schon von der Abtreibung handeln oder der Urknalltheorie. Als ich mit dem Schreiben fertig war, las ich nicht, was ich geschrieben hatte, sondern faltete den Brief und steckte ihn in einen Umschlag, den ich in meinem Zimmer fand. Ich lief zur Post, gab Name und Adresse an und kaufte eine Briefmarke.

Nur fünf Tage später erhielt ich eine Antwort von Yona. Er schrieb mir, dass er gerade in den Alpen Skifahren sei. Er hatte tatsächlich auf meinen Brief geantwortet und schien keinerlei Reue zu empfinden, dass er mir nach all den Jahren wieder geschrieben hatte. Es war der Neuanfang als Beginn für den Rest unseres Lebens. Heute schreibe ich ihm immer noch und so tut er das auch. Ich bin mittlerweile 32, habe zwei Kinder und lebe in einer anderen Stadt. Yona schreibt mir auch, was er in seinem Leben macht. Jede Woche ein Mal. Ich nehme mir immer gerne die Zeit, seine Briefe zu lesen. Er findet immer schöne und passende Worte, meinen Tag ein Stück besser zu machen.

Als der Mond die Sonne berührte

Schwarze Partikel schwebten wie vom Wasser getragen durch die Luft. Die Natur lag starr und regungslos unter dem Licht des aufgehenden Mondes, welcher sich wie ein weißer Ball hinter den Kronen der Bäume hervorschob. Sein Aufsteigen war behutsam, demütig präsentierte er der Welt sein Antlitz, seine weiß-grauen Krater, seine milchig flimmernde Hülle, die er noch nie zuvor abgelegt hatte. Dort, wo ich stand, gab es keine Beleuchtungen. Keine Laternen, die sich schon vor dem Einsetzen der Nacht hätten einschalten können, um dem Mond seinen Zauber zu entlocken. An diesem Ort war es ruhig und still. Kein anderer Mensch war jemals hier gewesen, hier an dem Platz, wo sich der Mond und die Sonne jeden Tag auf ein Neues berührten.

Weiß-blau waren die Ipomoea-Alba, welche über den Wegesrand wucherten und ihre prächtigen Blüten, dem Himmel entgegenstreckend, präsentierten. Sie sahen aus wie heruntergefallene Sterne, die sich auf die Blumen gelegt hatten, den einzigen Zweck erfüllend, dem Tag die Nacht zu schenken und ihn so für ihn unvergesslich zu machen. Wenn die Sonne in all ihrer Wärme und Kraft über den Horizont zog und ihre Strahlen auf die Blüten der Ipomoea trafen, schienen diese sich an sie zu klammern. Sie strahlten in einem Magenta-blau-Ton, herrlicher als der tiefste Ozean, und tränkten das Licht der Sonne mit einer melancholischen Unabhängigkeit. Denn sie würden nie dem Anspruch der Sonne genügen, sosehr sie auch zu strahlen vermochten, sosehr sie auch ein

Teil der Nacht zu sein vortäuschten, doch die Sonne beachtete sie nicht.

Der erste Schnee kam in diesem Jahr früher, als es üblich war. Die rostroten Schornsteine der Reihenhäuser spuckten Qualm und Rauch in den in Grau getränkten Himmel hinauf, die Vögel verließen die Äste, stimmten keine Orchester in den dichten Zweigen der Wacholderbüsche mehr an. Die Welt wurde ein bisschen langsamer. Ich starrte aus dem Fenster, sah dem Nachthimmel beim Verschmelzen zu, wie er seinen schwarzen Mantel ablegte und dem Weiß des einbrechenden Tages Platz machte. Lange war es her, seitdem ich den Mond und die Sonne besucht hatte, an jenem Ort, an dem sie sich berührten, sich einander näherkamen und ihre Widersprüchlichkeit ablegen konnten, auch wenn es nur für einen kurzen Moment war. Ihre Ungleichheit hatte sie in dieses Konstrukt der Gespaltenen verfrachtet. Was am Tage war, konnte in der Nacht nicht sein. Alles richtete sich nach dem Scheinen der Sonne oder dem Leuchten in der Dunkelheit. Dabei waren sie es, die beide der Welt ihre Vollständigkeit erst erbrachten. Zwischen all den Gegensätzen, dem, was als falsch und dem, was als richtig anerkannt wird, sind sie es, die das Gleichgewicht wahren. Sie verbinden das Leben und den Tod, das Bewusste und Unterbewusste. Sie sind das symbiotische Bindeglied zwischen Traum und Realität.

In der Nacht hatte es geschneit. Kleine kristallene Flocken lagen auf den Dächern, Straßen und Wiesen. Sie hüllten die Landschaft in eine große unbenutzte Leinwand, die nur darauf zu warten schien, die Farbe des Frühlings zu spüren, sich ihm zu öffnen. Noch bevor die Nacht zum Tage werden konnte, hatte ich meine Schuhe angezogen, die Türe geöffnet und war auf dem Weg hinzu zu jenem Ort, an dem ich hoffte, sie zu sehen. Es war kein langer Weg, der Schnee lag noch nicht besonders hoch und ich hatte Freude dabei, meinem Atem beim Aufsteigen in den noch dunklen Himmel zuzusehen. Ich kam zu dem Pfad, an dem die Ipomoea wuchsen, jetzt im Winter blieb nicht mehr von ihnen als ein kleiner welker Stiel, um den verstreut seine in Eis gehüllten Blüten lagen. Sie sahen genauso aus wie sonst. „Hier würde ich sie sehen", dachte ich und blieb inmitten einer kleinen Lichtung, umgeben von Nadelbäumen, stehen. Ich stellte mir vor, wie sie sich ansehen würden, ihre Verbundenheit in einer repräsentativen Ungleichheit würde sie nicht stören, vermutlich zogen sie sich deshalb an. Sie würden aneinander vorbeiziehen, gebunden an ihre Umlaufbahn, gezwungen einander aus der Ferne zu betrachten. Doch in diesem einen Moment, zu dieser ganz bestimmten Zeit, an der es weder Tag noch Nacht ist, sind sie sich so nah wie nie. Sie beide als Symbolik der Vollständigkeit.

Angst

Ausbruch

Ich möchte ausbrechen, mich in etwas verlieren, das meine innersten und tiefsitzenden Bedürfnisse besänftigt. Eintauchen in einen Strudel unendlicher Farbgewalt. An den Wänden meines Bewusstseins werden die Fenster und Türen weit geöffnet sein, nur um der neuerworbenen Freiheit entgegentreten zu können. Mit der Freiheit kommt auch die Verantwortung, Träume werden zu Beschäftigungen, die eines Tages zum Beruf werden. Und dabei hoffe ich, sie nicht ihrer triebhaften Lust zu berauben und sie für mich unbrauchbar gemacht abgetötet zu haben. Das Verschmelzen stockt, ich stecke in einem Loch, das die Schaufeln meiner eigenen Freiheit mir gebuddelt haben, fest. An den lehmbeschmierten Wänden ist kein Fenster, keine Tür, aus der man ausbrechen hätte können. Oder habe ich sie nur noch nicht gesehen? Nur ein Seil, das aus den Wolken ragt und in das Loch hängt, baumelt über meinem Kopf. Es wirft die wildesten Schatten auf den Boden, ich zerre und ziehe, doch nichts geschieht. Ob ich wohl an ihm heraufklettern kann? Ich setze mich in Bewegung, umklammere das Seil und drücke mich mit meinen Füßen weiter nach oben. Das Loch wird kleiner und die Schatten, die ich werfe, länger. Ein letzter Blick auf die feuchten Wände, bis ich das Gras unter meinen Füßen spüren kann. An diesem Ort war ich noch nicht, weder gestern noch heute, es ist der Ort, an dem ich sein werde, aber erst nachdem ich eine Weile geträumt habe.

Angst

Ich oder besser gesagt er sitzt auf ihrem Bett, alleine, sie ist vor wenigen Minuten duschen gegangen, bald würde sie wieder in ihr Zimmer zurückkehren, mit nassen Haaren und feuchter Haut. Ein blumiger, fruchtiger Geruch würde sich im Zimmer ausbreiten. Ich weiß, dass es mir schwerfallen wird, nicht an sie zu denken. Das Zimmer ist abgedunkelt. Hellblaue Fensterläden versperren der Sonne den Weg und kreieren dieses unwirkliche Licht, in dem meine Gefühle zum Stocken geraten. Lange schien mir die Zeit zu vergehen, als wolle sie mich festhalten im Moment. Sie klammerte an mir, zerrte mich dorthin zurück, wo vor wenigen Tagen noch Hoffnung und Neuanfang auf mich gewartet hatten. Ja, ich wollte mich lösen, aber war es deshalb ihre Schuld oder doch nur die Unschlüssigkeit oder die Hingabe meiner Triebe.

Heute war dieser Tag, es ist Sommer und die Menschen gehen in die Parks oder kühlen sich in Baggerseen oder anderen Tümpeln ab, sie werfen dort ihren Alltagsstress über Bord, wie eine zweite Haut, entspannen und genießen das Beisammen sein mit ihren Liebenden. Bestimmt werden sie geliebt und bestimmt lieben sie auch, so glaube ich zumindest, derjenige, von dem die Zeit kein Teil mehr ist. In einer Welt, wie diese es ist, kann man sich da ohnehin nicht mehr so sicher sein, was denn eigentlich Liebe bedeutet.

Wir surfen durch das Internet durch diverse soziale Netzwerke und ergötzen uns an dem Anblick der sich auf diesen Seiten tummelnden, aufgehübschten und sich als natürlich ausgebenden Personen. Sie werben mit allerlei hilfreichen Produkten, um sich nicht nur leichter, sondern auch jünger und attraktiver zu fühlen. Alles geht nur noch darum, das Beste von sich, vor allem im Sinne der Attraktivität, zu sein. Ganz nach dem Prinzip; Wer bist du und was sollen die Menschen von dir halten? Wie gut kannst du aussehen? Unwissentlich, wie sehr sie die Konsumierenden zu abhängigen Dopaminmonstern heranzüchten, ohne eine eigene Meinung, da ja sowieso schon alles mindestens eintausend Mal geteilt wurde.

Ich habe das Sein verlernt. Oder es ist ein Trugbild, dem ich versuche hinterherzurennen, um mich nicht mit meinen Problemen zu befassen.

Ich habe vergessen, zu nutzen, wer ich bin, versteift auf die Zukunft, verloren in der Vergangenheit, schwelge ich Erinnerungen nach, von denen ich wünschte, sie wären immer noch die Gegenwart. Das sind sie aber nicht, es ist die harte, aber wahre Realität, in der ich mich befinde, diese aber scheinbar nicht recht akzeptieren kann.

Die Luft steht in diesem Raum. Das Atmen fällt mir schwer und ich beginne zu schwitzen. Wann kommt sie wieder aus dem Bad zurück? Wann wird sie das Zimmer betreten und mich aus meinen Gedanken reißen? Zu mir durchdringen wird sie nicht, niemals bei diesem Geflecht an Gedanken, die mich seit mehr als einem Monat plagen. Man stelle sich vor, aktiv am Leben zu sein, während der Kopf, die Gedanken an anderen Orten umherirren, versuchen, Dinge zu finden, die nicht gefunden werden wollen, und den Körper zurücklassen wie eine leere Hülle.

Auf der Straße

Das Treiben meiner glatten, gespiegelten Seele über den hauchdünn mit Eis bedeckten Asphalt ließ mich mit Freude erkennen, dass der Frühling da ist. Es ist, und da spreche ich nur von mir, die schönste Zeit des Jahres, denn in ihr erblüht der hoffnungsvolle Drang nach Veränderung, manche bösen Zungen würden es Wiederauferstehung im entferntesten Sinne nennen. Zumindest in einem stimmen sie überein, und zwar in der Neuentfaltung selbst, die durch die Veränderung der sich wandelnden Natur beschrieben wird. Nun könnte man ganz klar behaupten, dass dies doch in jeder neuen Zeitetappe einer Wandlung geschehen dürfte, nicht nur in der des Frühlings. Denn auch im Sommer reift das süße Fleisch der Birnen und Zitrusfrüchte, der bittere Geschmack der ersten jungen Beeren aus dem Garten hinter dem Haus und die Gehirnbrände, die beim Verschlingen der ersten Kugel Eis entfacht werden, atemberaubend. Doch dies ist ein anderes Gefühl der Zeit, der Sommer nimmt in diesem Falle die tragende Rolle der vollkommensten Entfaltung seiner neu erworbenen Gestalt ein. Dieses Selbst sein, annähernd an das unerreichbare Sein in der reinsten Form des Einzelnen, entsteht oder besser gesagt kann im Frühjahr erlangt werden. Die Umwelt beeinflusst den Menschen von seiner Geburt an, dazu zählen die Familie im direkten Sinne der genetischen Verwandtschaft, und auch im zweiten Grad der Freundschaft und Bekanntschaft. Aber auch der Ort und die Zeit spielen eine tragende Rolle im Schauspiel unseres Empfindens. Dies setzt voraus, dass Entwicklungsschritte periodisch sind, was demzufolge auch bedeuten würde, dass wir uns an unsere

Umwelt im Sinne der Natur auch anpassen könnten, und zwar den Schritt der Entwicklung automatisch unterbewusst oder bewusst im Frühling zu vollführen. Genau dann, wenn auch das Bildnis, in dem man lebt, zum Antrieb, ein Gleichnis des inneren Prozesses wird.

Ich stand in Gedanken neben mir und belauschte das Pfeifen des Windes und das erste Summen der Bienen um die Schneeglöckchen.

Da klopft mir ein Mann auf die Schulter, es waren schwere dicke Hände, geschwungen von einem noch viel dickeren, fleischigen Arm, sodass ich unter der Last der mich treffenden flachen Hand zur Seite knickte. Ich schrie auf und wollte gerade mein doch sehr bubenhaftes Gesicht zu einer entrüsteten Miene verziehen, da erkannte ich ihn doch. Sofort ließ all der unterdrückte Hass und Frust los und gaben ihren Platz frei für andere Gefühle, einer Beflügelung gleichend. Außer mir vor Freude ließ ich mein Gepäck fallen und drückte mich in die dicke vielbeschichtete Jacke von ihm. Sofort konnte ich die beiden riesigen Hände in meinem Rücken spüren, doch dieses Mal waren sie sanft, sie gruben sich vorsichtig vorbei an meinem Büstenhalter und meiner weinroten Cord-jeans. Wie wenn sie sich niemals von meinem Körper losgelöst hätten, erwärmten sie meine Haut auf dieselbe Art und Weise, die ich noch von damals kannte, aus der Stadt, die den Atmen anhielt.

Als ich sie sah, traf es mich wie eine meterhohe Welle an den Stränden Hawaiis, die einen zu Boden reißt, hunderte Kilos, welche den eigenen Körper immer tiefer in den Sand drücken, bis man von alleine wieder aufstehen kann, das Meer sich sein Wasser wieder genommen hat und man erleichtert aufatmen kann, im tiefen Glück, nicht ertrunken zu sein. Anfangs ist dieser einem Delirium ähnelnder Zustand noch beängstigend, ja, es ist beinahe eine Nahtodsituation. Doch wiederholt sich dieser Vorgang, dieses Geschehen-lassen der freien Natur, wird es mit jedem Mal seine angstmachende Wirkung verlieren. Es wird anwachsen zu einem Gefühl der erholsamen Machtlosigkeit, die sich in einer Auflösung der Freude schließlich beendet.

Schließlich nahm ich all meinen Mut zusammen, dabei schoss mir ein Zitat in den Kopf, welches ich erst letztens in einem dieser Modemagazine von einem halbwegs bekannten Schauspieler gelesen hatte. Sie haben es als seine Antwort auf die Frage nach seiner geglückten Lebenssituation dargestellt. Er solle gesagt haben „das Leben sei zu kurz um Angst zu haben" so das besagte Zitat. Mir ist selbst dabei unwohl, einem derart einfallslosen und millionenfach verwendeten Spruch eines dubiosen Künstlers des Schauspiels derartig viel Aufmerksamkeit zu schenken, wusste mich andernfalls auch nicht so recht auf andere Art und Weise dazu zu bringen, sie anzusprechen. Um genau zu sein, hatte es mir dabei auch nicht geholfen und im Endeffekt habe ich mich doch dazu entschieden, ihr meine Hand auf die Schulter zu legen. Dennoch habe ich auf mich aufmerksam gemacht. Ihre Reaktion hätte ich mir jedoch in meinen Träumen nicht ausmalen können. Sie schlang ihre Arme um mich, ich erinnere mich nicht einmal, ob ich etwas gesagt hatte, und drückte sich in meine Jacke hinein. Da ich das, was hier gerade, auf irgendwelchen Straßen in Zentralberlin, geschah, nicht vorhergesehen hatte, wusste ich nicht so recht zu reagieren und legte meine Hände, so sanft ich konnte, auf ihren Rücken und ließ sie langsam auf und ab gleiten. Wir blieben eng umschlungen für eine Weile so stehen, den Moment auskostend, bis sie ihr Gesicht von meiner Jacke nahm und mir in die Augen sah. „Ich habe dich ja eine

Ewigkeit nicht gesehen", sagte sie mit fast gereizter euphorischer Stimme. „Ja ewig", sagte ich zu ihr muss ja mindestens vier Jahre her gewesen sein, seit ..." Seit dem Abend nach unserem Abschluss. Du warst ein Jahr vor mir fertig und wir haben danach noch zusammen gefeiert, erinnerst du dich?" Aber natürlich.

Es umfing uns beide sofort ein hauchdünner Schleier, so zart und rosig. Meine Pupillen weiteten sich und meine Brust fing an, sich zu öffnen. Diesen Menschen, den ich seit einer so langen Zeit nicht mehr zu Gesicht bekommen hatte, ja, der nicht einmal in meinen Träumen noch zu existieren schien, ließ mich nun all meine Aufmerksamkeit auf ihn lenken. Was war es, dass ich ihren Lippen beim Sprechen zusah und mich dazu zwang, ihren Augenbewegungen zu folgen, egal wohin sie blickte. So etwas konnte doch unmöglich sein. Ich musste mich derartig täuschen, die letzte Nacht war lange gewesen und vollgepackt mit unerwarteten Enttäuschungen und Frust. Jetzt aber vermied es mir mein Innerstes, mich zu beschweren, meine Wut an jemandem auszulassen, das Ganze war schlagartig aus meinem Gedächtnis ausradiert worden. Wir redeten über das Wetter, die Schönheit, welche versteckt und doch so offensichtlich im Frühling versteckt liegt. Das Blühen und Sprießen der Knospen und Blumen. Der starke Geruch nach Bärlauch oder jungem, frischem Gras das einen jeden dazu anspornen kann, aus dem Haus zu gehen. Auch sprachen wir über die Liebe, der Frühling schien sie genauso gedeihen lassen zu können wie die Pflanzen.

Wie verloren wir doch durch die Weltgeschichte irren, immer auf der Suche nach dem Glück, nach dem nächsten großen Reiz, der nächsten großen Liebe, in deren Armen wir uns dann für wenige Augenblicke verlieren, ja sogar vergessen dürfen. Immer dann suchen wir ihre Nähe auf, wenn es uns am eigenen Leibe schlecht geht, wir den Mut verloren haben, unsere eigenen Spuren zu hinterlassen, und uns deshalb lieber in den gewohnten Bahnen der Sicherheit winden wollen. Schon nach wenigen Monaten ist es wieder vorbei. Wir legen unsere rosarote Brille ab im Tauschhandel für alte benutzte Scheuklappen. Wir sind auf der Suche nach ewiger Beschränkung durch den Komplex, die Einsamkeit nicht ertragen zu können, mit dem, was wir für uns sind, und nicht ausreichend anerkannt zu sein und so ständig dem Verlangen verfallen, einen Partner, in einer sich auflösenden Welt, darum zu bitten, uns anzunehmen und ihn annehmen zu dürfen, um der Dissoziation zu entfliehen.

Aber warum sollten wir das nicht tun …

Warum sich nicht diesem Verlangen, diesem tiefsitzenden Bedürfnis hingeben, sich nicht in den Augen und Fingern eines anderen uns Ähnlichem oder Verschiedenem bis zum Letzten aufzulösen, um einmal erfahren haben zu dürfen, wie es sich anfühlen kann, wenn man das ist, was man glaubt zu sein.

Der Brunnen

Zu Teilen gespalten und in Stücke gebrochen saß ich in meinem Loch. Seit ich denken konnte, befand ich mich hier unten und betrachtete alles von hier aus. Von fern her höre ich die Vögel ihr immergleiches mitleidiges Lied singen. Immer wieder diese gleiche traurige Melodie, diese immer wiederkehrenden Töne. Sie hallen ununterbrochen die kaltfeuchten, verkalkten Wände meines Lochs hinunter. Selbst die Wände können sie nicht mehr hören und spucken sie wieder von Neuem aus wie die Würmer, die aus ihren Löchern fallen und sich zu mir gesellen. Sie landeten bei mir und krochen in mein Ohr, nisteten sich dort ein wie Parasiten. Diese immergleiche Melodie, wie ich sie hasste. Schon seit langem hatte ich verlernt sie zu überhören. Selbst die Wände dieses in Trauer und Tristesse aufgelösten Ortes konnten die Töne nicht mehr hören. Geformt aus ein und derselben Leier trieften sie nur so vor den Sorgen und Ängsten dessen, was die Welt in sie hinabwarf.

Und genau da saß ich.

Dort, wohin alle Probleme und Zerrissenheit, welche sich in den Köpfen der Menschen formten und zu Gedanken wurden, hinfort-schlichen und im Dreck des Vergessens landeten. Ein Regen aus Verzweiflung und Unsicherheit ergoss sich über meinem Gesicht. Ich konnte jeden einzelnen Tropfen auf meiner Haut spüren. Sie waren so klar, funkelten wie kleine schwarze geschwungene Perlen in der Nacht. Mit jedem Einzelnen von ihnen wurde die Last auf mir schwerer.

Wie schwere nasse Kleider drückten mich ihre Sorgen immer weiter in den aufgeweichten Grund, bis ich knietief im moorigen Schlamm stand.

Den Blick nach oben gerichtet, sah ich durch den kreisrunden Einschnitt in den Himmel, wie graue Wolken vorbeizogen und den Blick auf die Sonne versperrten. Eines schönen Tages würde es wieder warm werden, sagte ich mir jeden Tag, an dem es grau war. An diesem Tag, dem ich, so kam es mir vor, schon unendlich lange entgegensehnte, würden oben am Rande des Brunnens die Blumen ihre Schönheit im Licht der Sonne majestätisch präsentieren. Sie würden, im Wind tanzend, den Duft ihrer Pollen im ganzen Land verteilen. Die Vögel würden singen und Wolken sich die schönsten Formen ausdenken, welche über das Himmelszelt sich keine Blöße geben würden, entdeckt zu werden. Ich würde dann zwar immer noch in meinem Loch sitzen und die Welt nur von unten sehen können, jedoch reichte mir der Glaube an das Schöne über mir aus, um nicht in Trauer zu versinken. Und vielleicht, ja, nur ganz vielleicht, käme eine Person, ein Tier, ein Lebewesen vorbei und würde mich aus den Fängen dieses Lochs befreien. Es müsste nur ein Seil oder eine feste Schnur herabwerfen und mich dann hochziehen. Aus dem Schlamm des Grundes würde ich stapfen, das Seil greifen und mit beiden Händen feste umklammert würde ich den ersten Schritt an die nasse Steinwand setzen und mich, vom Glück beflügelt, herausziehen lassen. An alten Steinkacheln und triefenden Spalten, die verstopft von Kalk und Dreck überquollen, vorbeiklettern und noch einmal einen letzten Blick nach unten werfen, um diese stickende Höhle wie einen alten Freund zu verabschieden. Ein letztes Mal würde ich in Dunkelheit gehüllt bleiben und vom Mantel der Sorgen verborgen bleiben. Warme Sonnenstrahlen würden meine Haut küssen, meine kleinsten Haare sich aufstellen, mein Herz würde beginnen zu pochen und das Blut literweise in meine dünnen Venen pumpen. So in Gedanken verloren bemerkte ich gar nicht, dass sich über mir ein Schatten befand, der seine schwarzen Schwingen in mein Loch hinabwarf und mir die Sicht auf die grauen Wolken nahm. Ich beobachtete ihn eine Weile, diesen Schatten, der aus dem Nichts aufgetaucht war. Er machte mir Angst, mehr Angst, als ich ohnehin schon hatte. Nach kurzer Zeit fing ich an zu schreien, ohne auch nur einen Ton von mir zu geben. Aber trotzdem hatte ich das Gefühl, er würde verstehen, was in mir vorging. Seine gelben Augen leuchteten mir entgegen. Sie waren kalt und bleich, dennoch brannte in ihnen eine Flamme der Hoffnung, die ich nicht zuzuordnen wusste.

Fallen und Lösen

Es möchte …

Es möchte fallen.

Zwanzig Stundenkilometer schnell möchte es in Richtung des kalten Asphalts fallen.

Ich will, nein, ich kann es nicht länger bei mir behalten.

Es muss mich verlassen, dieser Druck, alles.

Ich verspüre nichts als diesen zerreißenden Druck, der sich wie ein Blutegel an mir festsaugt.

Er klebte an meinen Gedärmen,

saß in meinen Gedanken und ließ mein Blut brodeln.

Jede Minute, jede Sekunde wurde zu einer unüberwindbaren Tortur, diesem Druck standzuhalten.

Meine Augäpfel fingen Feuer, rotes Blut und meine Synapsen schickten jeden Gedanken mit 120 Volt durch meinen Kopf.

Mein Hals wurde dick,

die Adern bliesen sich auf.

Sie pochten, nein, sie bebten.

Alles wurde heiß.

Zu heiß.

Ich verspürte, wie mein Blut durch meinen ganzen Korpus gepresst wurde, bis mir plötzlich kalt wurde.

Meine Lippen pressten sich immer stärker gegeneinander.

Leichte Risse, Blut floss.

Es sickerte meine Wangen, an meinem Kinn herunter.

Die Zähne knirschten.

„Ob sie brechen?" - „Hoffentlich".

Die Hitze des sich unter meinem Schädel befindenden Kessels schien so, als ob sie mir die Haare gleich verbrennen würde.

„Ich glaube, ich muss …"

Es schlug auf.

In dieser von Druck betäubten Stille löste es die Ketten des Unbehagens.

All dieses Pochen und Brechen floss wie aus Güssen aus mir heraus.

Nach und nach wurde er weniger.

Die Hitze löste sich in Erleichterung auf und erlosch.

Minuten um Minuten, die verstrichen, wurde es besser.

Eine Träne fliegt.

Schönheit und Zerfall

Rote Klippen

Weiße Küsten lagen tief verborgen unter den roten Klippen, die aussahen wie die mikroskopische Darstellung einer Zelle, eingebettet im weiten blauen Ozean. Zu ihren Füßen schäumten die Kronen des aufgewirbelten Meeres und zeichneten dunkle Muster auf ihren in Bronze schimmernden Sandstein. Der Tag war schön, denn Winde, die aus südlicher Richtung her-wehten, brachten nicht nur den Geruch frischen Seetangs und süßen Fisches, sie bereicherten das ganze Land mit tropischer Wärme und Feuchtigkeit. An solchen Tagen, wie es dieser eine war, stand sie zuverlässig - falls das Wetter es zuließ, denn es konnte auch passieren, dass die feuchten warmen Winde von dicken grauen Wasserträgern begleitet über das Land hinweg zogen und alles unter einem Erguss unzähliger Glaskugeln erbeben ließen - an den roten Klippen und blickte mit feuchten Augen auf das Meer. Es war nicht ihr Sommer gewesen, genau so wenig wie es der letzte und auch der vorletzte schon waren. Sie hatte, wie sie es in jedem Frühjahr am Ende des Frosts tat, ein neues Beet angelegt, kein sonderlich großes, gerade groß genug, um Gemüse, Samen und Früchte für sie selbst anzubauen. Diesen so wie die letzten Sommer hatte die Sonne den Kürbissen, Sonnenblumen und Zucchinis das letzte Wasser aus dem lehmigen Boden entzogen und der Ernte einen immensen Schaden verpasst. Das Einzige, was der Sonne standgehalten und sonstigen anderen Plagen wie Insekten oder Stürmen getrotzt hatte, waren die Himbeersträucher dicht hinter ihrem Haus. Aus den Himbeeren kochte sie Marmelade oder trocknete sie. Weizen und Mais hatten den Sommer ebenfalls überstanden und schufen ihr so die Möglichkeit, so viel Brot backen zu können, wie sie selbst in drei Jahren nicht hätte essen können. Abends aß sie, über den Winter, dementsprechend in höchster Regelmäßigkeit ein grobes Maisbrot, dazu Himbeermarmelade und einen Kaffee. Ihr Tagesgeschehen beschränkte sich so auf die Arbeit um das Haus und im Haus. Sie war autonom, nicht weil sie es wollte, sie war, so kann man sagen, mehr dazu gezwungen worden, mit sich selbst und ohne den Rest der Welt leben zu müssen. Weiße Berge in der Ferne verschwammen mit dem Abbild der Wolken und wurden zu Einem. Damals hatte sie noch zu deren Füßen Kaffee getrunken und Pfirsiche gegessen, in Begleitung oder alleine unter dem Blätterdach eines Ahornbaumes oder dem einer Linde. Manchmal hatte sie noch von diesen Tagen geträumt, an denen sie unter bunten Lichterketten saß, eine Hand, einer Statue gleich, um ein Weinglas gelegt - und sich ausgiebig im Duft einer Kerze und alten Trauben mit ihren Freunden über den letzten Urlaub unterhalten hatte. Meist wachte sie dann viel zu früh auf, gelähmt durch ihre wieder aufgeweckten Erinnerungen. In der Regel blieb sie, falls der Mond noch am Himmel zu sehen war und von draußen noch keine Geräusche zu vernehmen waren, liegen und schlief zum Rauschen des nahegelegenen Baches ein. Wenn es jedoch schon früher Morgen war, die Blätter sich im Licht der ersten warmen Sonnenstrahlen ausstreckten, die Möwen auf den Klippen zu Schreien anfingen und die Nacht ihr dunkles Kleid ablegte, blieb ihr nichts mehr übrig, außer aufzustehen und an die frische Luft zu treten. Bevorzugt ging sie, schon fast, als gäbe es keine andere Möglichkeit, an eine Bank, die sie hinter ihrem Haus auf einer Wiese selbst erbaut hatte. Von dort aus reichte der Blick auf die Wellen des Meeres, ihre Schaumkronen und den Seetang, hinter den Klippen erstreckte sich eine einzige grüne Fläche, auf der sich nichts außer sattem Gras befand und einigen Bäumen aus dem Wald. Und dort stand auch sie, sie und die Bank dicht nebeneinander, sie beide starrten auf das Meer und abwechselnd wieder auf die Wiesen. Wenn sie hier war an solchen frühen sonnengetränkten Tagen und zu ihrer Bank lief, meist hatte sie dabei nur ein helles Kleid und Sandalen an, in den trockenen Monaten trug sie diese allerdings nichtmehr, konnte sie spüren, dass irgendwo da draußen etwas war. Es lag am Duft des feuchten Grases, er war weich und süß und kitzelte in ihrer Nase. Oft schlich sich ein ganz besonderer Gedanke in ihren Kopf und nistete sich dort, meist über Tage hinweg, ein. Sie konnte dann nur noch ganz schlecht einschlafen. Ob sie die Letzte war? Ganz alleine, weit draußen auf dem offenen Meer, weggespült von jeglicher anderen Zivilisation. Sie hatte nun seit Jahren, wahrscheinlich Jahrzehnten, keine andere menschliche Seele mehr zu Gesicht bekommen. Damals hatten sie gelegentlich noch Schifffahrer oder Touristen besucht, welche sich für die Roten Felsen, die mehrere zwanzig Meter über dem Meeresspiegel aus dem Wasser ragten, interessierten oder zumindest ein Foto für ihren neuen Blogger-Account schießen wollten, um sich aus dem Internet projizierte Liebe und Anerkennung zu holen von Menschen, die sie nicht einmal kannten oder bei denen sie überhaupt sicher sein konnten, dass es überhaupt echte waren. Ihr hatten viele der Schifffahrer erzählt, wie es sich mit der Welt verhielt, das Sterben der Pflanzen, der Arten und auch dem sozialen Zwischenmenschlichen, da alles nur noch aus Maschinen oder radikalen Schichten bestand. Jedes Mal, wenn sie das hörte, kamen ihr die Tränen in die Augen, sie flossen in Bächen, die ganz herrlich in der Sonne funkelten, ihre rissigen Wangen hinunter und verfingen sich im Gras.

Wie hatte es nur so weit kommen können? Wir hatten doch alles selbst in der Hand, und wofür kamen dann all diese

Menschen an einen Ort wie diesen, zu ihr, zu einer Person, die die Einsamkeit und den Frieden repräsentierte. All das, wofür sich, so erschien ihr das Ganze, keiner zu interessieren vermochte. Nun bleiben die Besuche allerdings aus.

Sie blieb alleine, im Einklang mit dem Licht und der Natur. Was sie jedoch nicht wusste, war, die Welt hatte sich aufgehört zu drehen, zumindest für die Menschen. Der letzte große Krieg um die immer knapper werdenden Rohstoffe und Edelmetalle hatte die fünf großen Sektoren dazu angetrieben, Waffengewalt und Bomben einzusetzen.

Nach nur wenigen Wochen, aus welchen nur ein paar Millionen lebendig herausgekommen waren, richtete sie eine unheilbare Seuche hin, entsprungen aus den Kadavern der letzten überlebenden Tiere, welche zu Versuchen in Laboren gehalten wurden. Nur sie, auf einer Bank in dem lauen Abendwind sitzend, verstarb in Ruhe und Wohlwollen unter dem Anblick der untergehenden Sonne. Eine neue Epoche hatte begonnen.

Die Bushaltestelle

Der Mann zu meiner linken Seite, wir sitzen eng umschlungen auf einer dieser Bänke, welche immer an den Bushaltestellen stehen und langsam verwesen. Er fasst mich vorsichtig, seine Finger berühren mich sanft an einer ihm vertrauten Körperpartie, dabei werden in mir einige Erinnerungen wach. Sie strömen durch meinen ganzen Organismus, die Leichtigkeit ist schon längst verflogen und die Scherben liegen verstreut in meinem Waschbecken. Seine Schreie hallen durch meinen Kopf, ich sehe ihnen zu, wie sie mich um den Verstand bringen, aber ich bin hier und sehe ihnen nur noch nach, wie sie das mit derjenigen machen, die gestern noch seine Fragen beantwortete. Weiße Kissen werden zu den Albträumen, eine Unschuldsfalle.

Der Bus fährt langsamer auf die Haltestelle zu, seine gelben Lichter erwischen unsere Schatten heute nicht mehr, auch das Öffnen und Sich-wieder-Schließen der Fahrertüre lässt uns nicht aufstehen, sodass wir erneut hier sitzen bleiben. Vertrauen ist die eine der Gefahren, die man eingehen kann, um dem Leben eine Aufwärtskurve zu bieten, genauso aber bleibt in mir die Frage zurück, ob man sich dann noch vor dem Herbst warm anziehen soll, sich seine warmen Mäntel und Mützen überwerfen, um dennoch nicht an dem feuchten Nebel zu zerbrechen. Ich muss mich verstecken vor ihm und auch vor mir, vor derjenigen, die aus ihr geworden ist, von der sie glaubte, nicht sein zu können. Doch ich denke, unter den gegebenen Umständen kann das jeder sein, von dem man annimmt, es niemals sein zu können. Wir fürchten uns nur vor dem, was wir noch nicht kennen, davor, uns unseren unbewussten Ängsten zu stellen und in einen nahezu ausweglosen Kreislauf abzutauchen. Wenn die Sterne am Himmel verblassen, so schreie ich nach ihnen, bete zu den Wolken, sie mögen sie mir endlich wieder zeigen, und so verfalle ich in Demut, klettere zu den weißen Kissen, von denen sie sagen; „Bleibe liegen und schätze, was du an ihm hast." Doch er raubt mir den Schlaf, raubt mir meine Geduld, wenn ich losgehe, die Teller werfe und …

Das Fenster steht weit offen und leuchtet so erhaben, so vollkommen wie das Tor zur Endlichkeit. Jetzt kann ich die Kastanienbäume erkennen, die dort unten im Hof stehen, die Mülltonne, bis obenhin mit Säcken und Kartonagen beladen, bereit zur Entsorgung ist. Ob sie die einfach so aus dem Fenster warfen und dabei auch diese wundersame Stille der Nacht genossen, die sich wie eine Schallplatte auf die Erde legte, sobald es dunkel wurde? Weiße Fahnen wehen, wenn die Menschen schlafen, sich in ihren Träumen, längst verloren geglaubt, suhlen und sich dann mit dem unbefriedigenden Erwachen abmühen müssen. Im Spiegel steht die gleiche Gestalt von gestern noch und hat nichts Neues in den Händen. Wenn er mich an meiner Hüfte packt, sich in seinen Trieben verliert, das ganze Zimmer nur noch schwarz ist und sich jeder Tag mit den anderen zu einer großen grauen Suppe vermengt, die Nachbarin mit ihren vielen Blumen auf dem Balkon so tut, als ob sie nichts gesehen hätte und uns beide wieder und wieder freudlos grüßt. Dann ist es so, wie wenn wir auf der alten längst abgerissenen Bank sitzen und uns umarmen, wann darf endlich morgen sein, wann wird das Fenster geöffnet werden und der Schnee nicht mehr in der Sonne blenden?

Brief der Liebe

So manisch rein vermag der Brief der Liebe wahr zu sein, vermag er Schmerz und Wut zu bedeuten, deren Herzen er nicht erweichen konnte. Tage stundenlanger Wortfindungen, ein ewiges Spiel absurdester Gedankenverwirrungen, einem Zweck dienlich, dem einzigen, bedeutendsten von allen, wohl auch dem unlösbarsten Geheimnis des Verehrenden, der dort auf Papier in Tinte gehüllt sein reinstes Gefühl an den Pranger stellt. Das Gefühl der Verneigung, das Gefühl der heißen Sonnenstrahlen auf deinem Gesicht, die aphrodisierende Benommenheit der Hingabe, wer ihn lesen wird, ist vorherbestimmt, denn niemand außer dem Einen sollte lesen, was dort geschrieben steht, doch es herrscht Anspannung. Dies, das wahre unvergleichbare Brodeln der tiefsten Zuneigung, trotzt dem Schreiber, es stellt ihn vor die Wahl, sich seiner Scham zu beugen, den Stift zu senken, sich in seiner innigen Begierde zu verleumden, doch gelingt es, die Sprache der Seele zu übersetzen, noch, so dürftig es auch scheint, spricht die Ehrlichkeit aus dem Herzen. Es ist die Sprache, deren jeder bemächtigt ist, doch nur allzu oft missverstanden wird.

Mond

Auf dem Mond muss es schön sein, denke ich und starre in das Schwarz der großen Glocke, die sich über mir aufspannt. Von hier unten ist die Aussicht prächtig, tausende kleine weiße Spiegelsplitter, manche sind größer, andere etwas kleiner, funkeln über meinem Kopf. Ab und zu fiel einer von ihnen nach unten, ganz so, als ob er sich nicht länger hätte festhalten können, einfach so losließ und nach unten stürzte. Dann sah ich ihm hinterher, wie er hell aufleuchtete und in einem Bogen über den Himmel zog, vorbei an den anderen, über die Wolken hinweg, bis er verglühte und nichts außer einem weißen Faden hinterließ. Es geschah nicht besonders häufig, einen Stern beim Fallen zuzusehen, noch viel seltener war es aber, den Mond dabei zu beobachten. Welch dichte weiße Schwaden er hinter sich lassen würde, gar nicht auszudenken, wie lange er glühen würde, fast so wie die Sonne musste er aussehen, wenn er brannte, aber was würde danach passieren, eine Welt ganz ohne den Mond. Ich mochte nicht daran denken, gar nicht auszumalen, wie karg und dunkel die Nacht erscheinen würde, all die Sterne würden ganz alleine am Himmelszelt Löcher in das Schwarz bohren. Ja, selbst die Schatten der großen Bäume im Wald oder der glitzernde Tau auf den Gräsern würde verborgen im Dunkel der Nacht bleiben.

Eine Nachtigall sang ihr Lied, welches ich zum wiederholten Male hörte. Die Äste und Zweige in den Bäumen schlugen leise auf und ab und ihre Blätter raschelten. Die Nacht hatte sich über die Welt ergossen in all ihren Farben und

Geräuschen. Meine Augenlider schlugen langsam auf und zu und ich wurde müde. Ich betrachtete eine Orchidee, die auf meiner Fensterbank stand, ihre langen ovalen Blätter sahen im Schatten, die sie gegen die Wand warfen, aus wie ein großer Schmetterling, der auf einem Ast saß. Ein sanfter Windstoß blies die Gardinen auf und brachte die Blätter in Bewegung, sodass sie den Schmetterling zum Tanzen brachten. Erst als eine Wolke sich vor den Mond geschoben hatte und ihn zur Hälfte verdeckt hatte, verschwand der Schmetterling und mit ihm auch der Zauber, der sich in mein Zimmer geschlichen hatte. Für einen kurzen Moment kam es mir vor, als ob er wirklich gelebt habe, aber das tat er nicht.

Weiße Tulpen

Weiße Tulpen blühen links und rechts, den kiesgefüllten Pfad entlang, sie strecken ihre Köpfe über Gräser und Blätter hinweg, auf der Suche nach den hellen Strahlen des aufgehenden Mondes. Ein Vogel singt, von allem ungesehen, in weiter Ferne seine traurige Symphonie in die Nacht hinein. Meine Schritte hallen dumpf auf dem steinigen Boden. Ich kratze den frischen Tau von den tiefgrauen Gräsern und lasse die funkelnden Kristallkugeln von meinen Fingern tropfen. Sie verklingen, ohne einen Ton von sich zu geben, auf dem Untergrund, bereits jetzt hatte ich jeden Einzelnen von ihnen schon wieder vergessen. Sie trugen nur noch ein helles Kleid aus einzelnen Punkten, die an ihre Form erinnern ließen. Leise Worte mir bekannter Stimmen flüsterten mir vergangene Gedanken in meine Ohren, ich lief weiter, immer weiter, der Mond blinzelte über die Wipfel der Bäume und traf mich mit einem Lichtstrahl, der auf meiner blassen Wange aufschlug. Im Licht des Mondes fielen mir die vielen weißen Tulpen am Wegrand erst jetzt auf, zu sehr hatte ich mich in mir selbst verloren, hatte vergessen, wo ich bin, vergessen, dass ich lebe, und verlernt zu fühlen. Ich ging in die Knie, legte meine müden Arme auf meinen noch müderen Beinen ab, der Kies knirschte laut unter mir, als ob er mit mir hatte sprechen wollen. Als ich die Augen schloss, fühlte ich auf meiner Haut den Atem der Nacht so weich wie den einer Mutter. Die Nachtluft war lau und roch nach Erde, nach nassem Gras, süßlich von den weißen Tulpen am Wegrand, die unweit vor mir in ihrer ganzen Pracht zu glühen schienen. Die Glocken der Kirchturmuhr schlugen zwei Uhr, zwei Schläge, die endlos lange in der Dunkelheit widerklangen. Keinen Träumenden würden diese Klänge aus dem Schlaf reißen. Ich spürte, wie mein Herz klopfte, gleichmäßig und gemütlich, als plötzlich der Wind wärmer wurde, der Duft der Tulpen wurde intensiver, ich hatte auf einmal das Gefühl, mich selbst verstehen zu können. Die Irrgärten meiner Gedanken, die zuvor undurchdringbar und ohne jedes Ziel waren, verschwanden. Die Pfade lösten sich vor meinem inneren Auge auf, wurden zu Straßen, dann zu Flüssen, die mich mitrissen, ich wurde eins mit dem Strom, der doch keine Richtung kannte. Meine Gedanken wurden langsamer, übersichtlicher, ich konnte sie, so dachte ich, ganz einfach greifen und festhalten, sie betrachten und wieder ziehen lassen. Meine Augenlider wurden leicht, so zog ich sie nach oben, vor mir hatten die weißen Tulpen ihre Position nicht verlassen. Nur der Mond hatte seinen vorherigen Platz am Himmel getauscht und schien nun hoch über den gezackten Kronen der Bäume. Sie warfen ihre spitzen Schatten weit in die Welt hinein, wie eine riesige schwarze Decke legten sie sich über alle Unebenheiten und ließen sie unter ihr verschwinden. Nur ein fahler gelber Schein einer weit entfernten Laterne, nahe am Stadtrand, beleuchtete einen winzigen von Schatten verlassenen Fleck. Langsam richtete ich mich auf, nur um wenige Meter weiter mich erneut hinzusetzen, direkt neben den weißen Tulpen. Wie hunderte geschlossene Schlösser, deren prunkvolles Inneres vor der Welt verborgen blieb, bis das Licht der Sonne sie in aller Pracht hätte erstrahlen lassen. Ich würde warten müssen, bis dies passieren würde. In tiefer Ruhe geerdet, die ich längst an mir vergessen hatte, strich ich vorsichtig über die weichen, feuchten Köpfe der Tulpen. Ich konnte ihre Freiheit spüren, sah ihre Schönheit und nahm ihren süßen Duft wahr, alle Eindrücke verschwammen in einem Strudel unendlichen Friedens und kehrten tief in mir ein. Es war der Abend, an dem ich mein Selbst wiederfand. Es war der Abend, an dem ich im Leben einen Platz fand.

Sternschnuppe

Das Gras auf den Wiesen, die Blätter, die von den Ästen und Zweigen der Bäume hängen, das Wasser des Baches, welcher im Tal, der in der dunklen, liegenden Stadt entlangfließt. All das liegt im Schatten der Sonne und schläft unter Beobachtung des Mondes. Kein Geräusch, kein Klang oder Piepsen mag es zu versuchen, diese Stille zu brechen. Selbst die Autos und Lastwagen der Nachtschichtarbeiter fahren weich auf der Straße gebettet, ohne Laute von sich zu geben, in der Ferne zu ihrem Ziel. Nur ich und mein tiefstes Verlangen sitzen auf einer Bank in der Ecke meines Hauses. Das Laub und Geäst eines Trompetenbaumes über mir, ich breche den Schwur der Schlafenden in dieser Montagnacht. Vom Licht des Mondes weiß-kalt umhüllt, den Rauch einer Zigarette in den Himmel pustend und beim Verschwinden zusehend, alleine mit mir hier sitzend und denkend. Ich schweife ab. Meine Augen gleiten nach oben und durchdringen den Nachthimmel. Erforschend auf der Suche nach nichts fliegt eine Sternschnuppe vorbei. Der Morgentau glitzert und funkelt mir den Schatten meiner Augen davon, während kristallene Tropfen den Boden küssen.

Am Tisch der Welt

Ganz schön teuer, so sah es aus, ihr samtiges, rotes und mit Spitze bestücktes Abendkleid, ihren Lippen gleichend. Sie trug es, als sei es ihre Haut. Ohne Luft zum Atmen, nicht der Freiraum, es zum Tanzen zu benötigen. So, dass die junge Dame, bildhübsch und mit hohen Wangenknochen, am Tisch, den sie sich mit drei anderen teilte, erstarrt und leicht beengt, die Hände in den Schoß gelegt nur still dasaß. Der eine, ein Mann von robuster langer Figur mit Haaren, so spitz und lang, ganz glänzend, seinen Nacken streifend. Im Gesicht trug er eine geschwungene Brille, die tief auf seiner Nase Platz fand und eine Farbe führte, die weder zu ihm noch zu seinem Sakko passen wollte. Der andere, eine Sie, mit perlenweißer Haut gesprenkelt. Sie war, so glaube ich, jung, die Nase an die Decke gesteckt, und trug nur schwarz, ihrer Ausstrahlung ebenbürtig. Der Letzte war ich, aber warum? Die Tischdecke bereitete mir unheimliche Sorgen, da sie weiß war. Den Zustand der Reinheit verkörpernd konnte ich gezwungenermaßen keinen Alkohol trinken. So blieb ich nüchtern und betrachtete die ganze Nacht das Tummeln der Reichen im Saal der jungen Schönen, wie sie sich anschauten, sich anfassen ließen. Küsse auf die Wangen, Küsse auf den Mund. Warmer Alkohol an Tischen der vergessenen Zuschauer. Ein Geben und Nehmen der Blicke anderer. Jeder war des eigenen Blickes reinlich genug, sich als denjenigen zu betrachten, ein Schönling von stattlicher Statur, dem Genie eines Philosophen gleichend und charmant. Dabei waren sie es, die in den Anzügen Umherirrenden, auf der Suche nach etwas, was sich von ihnen finden lassen wollte. Davon gab es leider zu wenig, weshalb sie sich auf alles Vorhandene stürzten, wie ausgehungerte Möwen am Strand oder tollwütige Hunde es auch tun würden. Sie rissen sich darum, zankten, scharfe Gesten fielen gepaart mit giftigen Worten. Die Anzüge zerfielen zu Staub, bis alles entblößt dastand, die Münder zusammengepresst und die Ohren taub. Der Alkohol würde weiter warm bleiben. Die Kleider weiterhin teuer und teurer. Aber wer bleibt, bin nur ich am Ende des Abends in Unterhose und mit gestreiften Socken am Tisch der Reichen.

Dissoziative Verwandlung

Der Schaffner

Eine schrille Tonfrequenz ließ den Schaffner aus seinem tiefen Schlaf aufschrecken. Es war bereits das dritte Mal in seiner heutigen Schicht, sie begann erst spät nach Mitternacht, dass er von diesem kleinen Wecker, den er immer mit sich führte bei seinen Nachtschichten, geweckt wurde. Immer und immer wieder riss er ihn aus seinen Träumen, seinen eigens kreierten Vorstellungen, in welche er sich zurückziehen konnte. Dort und auch nur hier konnte er sich loslösen, von der Gesellschaft, von den Orten, zu welchen er tagtäglich zurückkehren musste, um zu arbeiten, zu trinken, zu essen, sich um seine derzeitige psychische Verfassung zu kümmern, die, wie seine Mutter damals zu ihm gesagt hatte, sehr bedenklich sei. Wer war seine Mutter für ihn? Die Frau in den beinahe transparenten weißen Handschuhen, die sie immer bei Tische trug, wenn der fette Sonntagsbraten auf den hölzernen Tisch knallte. Die Frau mit den hohen, spitzen Wangenknochen und dünnen Lippen. Hinter dem abgedunkelten Licht einer sich im Flur befindenden Kerze konnte er ihrer Stimme lauschen, immer, wenn sie und die anderen miteinander sprachen, dann roch es im ganzen Haus nach Alkohol und Parfüm. Ihrem Parfüm, es zierte ihren schmächtigen und doch so stark und robust wirkenden Körper bei Dunkelheit, nicht am Tage, denn da schlief sie immer auf dem Sofa oder auf dem Boden oder blieb bis zum Nachtessen fernab des Hauses. Sie war eine bezaubernde Frau, in ihren roten und weißen Kostümen umwerfend elegant.

Das Signal zum Anhalten, er zog die Bremsen an, die Schienen quietschten geräuschlos durch den Tunnel, aus welchem sich in der Ferne ein gelber Halbkreis am Horizont abbildete. Immer größer werdend, raste der Zug auf ihn zu, bis er die sonderbare Barriere durchbrach und in einer Flut von leblosen Lichtern landete. Viel zu viele Lampen, jede Ecke des Bahnhofes war beleuchtet, keine Geheimnisse blieben einem erspart in dem dreckigen Licht diverser Beleuchtungsanlagen. Doch obwohl ihm ein Schmerz jedes Mal durch den Kopf und dann durch die Brust schoss, kam er nicht daran vorbei, hier eine Weile, zumindest bis alle ein- und ausgestiegen waren, zu verweilen. Da war dieses kleine, dumpfe Licht einer Kerze, kaum höher als einen Meter fünfzig, den dunkelsten Raum hätte sie nicht erleuchtet, das in seinem Kopf saß. Es flackerte langsam hin und her, auf und ab, während sie schrie, vor Freude oder Schmerz, vor Wut oder Trauer, er sah einen ihrer Handschuhe über der Sofalehne liegend, sie sah den Schaffner nicht. Durch das milchige Fenster, welches weder aus Glas noch aus einem anderen Stoff bestand, den der Schaffner kannte, konnte er die bleichen Umrisse seiner Mutter erkennen, immer nahe an einem anderen Körper, der nicht der seine war. Er hatte sich oft gewünscht, bei dem Anblick ihrer auch dort in dem Zimmer zu sein, daran teilhaben zu können, eine warme Haut zu berühren, in den schützenden dünnen Armen seiner Mutter zu sein. Egal wie zerbrechlich sie aussah, mit ihrer blassen Haut, den dunklen Augen, sie sahen aus wie die Tunnel einer U-Bahn. Er war ganz nah bei ihr. Im zerbrechlichen, immer vor dem Einsturz stehenden Tunnel, aus dem es keinen Ausweg gab, nur der Blick nach vorne, dorthin, wo die Lichter keinen Platz für die Dinge hatten, welche sich verstecken wollten. Grazil strecke er seine Arme von sich, mit seinen Fingern umfasste der Schaffner einen Schalter und drückte schnell und routiniert einige

Knöpfe. Die Türen der U-Bahn schlossen sich, da niemand eingestiegen war und da er noch zwei Minuten hatte, bevor er von hier wieder verschwinden würde, schloss er nur kurz seine Augen. Die Lichter, grell und unangenehm, verschwanden mit dem Einsetzen der Zeit. Das Licht war gänzlich trüb in dem Raum, es knisterte und loderte ein Feuer im Kamin, seine Flammen streckten sich weit in den Schornstein hinein. Es roch ganz vertraut nach Buchenholz, nach Bratenfett und Parfüm. Der Schaffner erinnerte sich an dieses Zimmer, jenes, welches so weit entfernt von dem war, wo er heute lebte. Doch trotzdem war es nichts anderes, als wieder hier zu sein. Aus dem Nebenzimmer kamen leise Geräusche, der Plattenspieler war noch an, so als ob man ihn einfach vergessen hatte auszuschalten. Wie weit würde er noch gehen müssen, um sie zu sehen? Leise schob er einen Fuß vor den anderen, trat ganz bedacht und ohne ein Geräusch von sich zu geben zur Tür, durch deren milchige Scheibe er schon von weitem eine Gestalt in der Form eines Menschen ausmachen konnte. War sie dieses Wesen, das nur aus Schatten bestand, sich im Raum dahinter mit geschmeidigen Bewegungen hin und her bewegte? Ach, wenn er sie nur kurz sähe, um sich ihrer Person vergewissern zu dürfen. Schritt um Schritt näherte der Schaffner sich der Tür, aus der ein süßer und weicher Duft hervortrat und, er erkannte ihn sofort, nach seiner Mutter roch. Nach einer Frau, die sich gerne mit weißen Handschuhen bekleidete, das Essen auf den Tisch knallte und den Tag verschlief. Nun aber hatte er es in der eigenen Hand, sie in der Nacht anzutreffen und aus ihrem Versteck zu führen, aus dem sie sonst nie kam. Durch das Glas sah er dem Schatten zu, wie er sich bewegte, vorsichtig legte er zwei seiner Finger auf den Griff des Türschlosses. Aber davor wollte er ihr noch zusehen, wie schön sie sich fühlen konnte, wie sie mit dieser arroganten Zärtlichkeit durch den Raum glitt wie ein Hai im Meer. Sonst hatte er sie nie so gesehen, geschweige denn fühlen können, er spürte ihre Atmung, ihren Herzschlag, der so aufgeregt und doch zugleich beruhigend war. Seine Hände fingen an zu schwitzen und er ließ die Türklinke los, sein Arm presste sich ganz nah an seinen eigenen Körper, der vor Freude zu zittern begann. Nur hinter dieser Scheibe war er in der Lage, sie zu betrachten und mit ihr zu interagieren. Nur solange sie in dem Raum auf der anderen Seite war und im Licht des Feuers tanzte, sich regte und anmutig ihre eigenen Schatten einfing, war sie seine Mutter. Dazwischen blieb die Tür mit dem milchigen Glas, eindrucksvoll, ohne klare Formen und Farben, aber doch so vertraut.

Leiser als sonst rollte die Bahn zur nächsten Haltestation weiter. Der Schaffner war zur Ruhe gekommen, hatte sich weit in den Fahrersitz gleiten lassen und nippte regelmäßig aus einem Thermobecher an seinem Kaffee. Bald würde seine heutige Schicht ein Ende finden und ihn in die frühen Morgenstunden entlassen, genau wie seine Mutter es ihm damals vorgemacht hatte. Verständnisvoll blickte er auf seine Uhr, dann wieder aus dem Fenster in den langen Tunnel, der erst ein Ende zu verzeichnen mochte, wenn sich das Licht der nächsten Station in ihn schlich. Wen er in seinem Zug mit sich führte, wusste er genauso wenig wie diejenigen, die sich in ihm sitzend fragten, wer sie durch die Gegend fuhr, hin zu ihren Geliebten oder Affären, zu ihren Eltern oder Kindern. Aber wer machte sich schon einen Aufwand daraus, jemanden kennenzulernen, der nur in der Nacht durch schwarze Höhlen fuhr, den Lichtern hinterher wie eine Motte folgend, sich den Kontakten entzog, sich von allem davonstahl, da es schnell zu viel wurde, gesehen zu werden. Wenn die Nacht sich gezwungen sah von der Sonne abgelöst zu werden, der Tau sich über die Gräser legte, hastete er schnell nach Hause. Er wollte sie nicht sehen, denn aus der Entfernung waren sie so viel interessanter als in demjenigen Augenblick, in dem sie sich zeigen, mit Worten und Mimik. Dann werden sie hässlich und stumpfen ab, werden kalt und austauschbar oder fügen sich selbst in ein Schemata ein, aus welchem sie nie wieder hervorschreiten werden. Der Schaffner ist im Licht der Dunkelheit erblindet, seine Augen erblinden bei hellem Licht, bis seine neue Schicht beginnt.

Blau

Blaue Lichter zierten sich in den vom Regen feuchten Straßen, auf denen ich lief. Es war bereits Nacht geworden, als mich schrille und scharfe Tonfrequenzen in meinen Gedanken unterbrachen. Zwei Uhr einundvierzig zeigte das Ziffernblatt meiner von meinem verstorbenen Großvater geerbten Armbanduhr. Ihr pünktlicher Aufschrei nach Aufmerksamkeit erinnerte mich an einen rastlosen Couchsurfer, unpersönlich und ohne Ziel, die immer-selben Runden drehend. Die Zeiger waren gelbgolden und schwebten über einem weißen Ziffernblatt über die römischen Indizes hinweg. Geliebt hatte ich diese Uhr nie. Nicht mal ein kleines bisschen, muss ich gestehen. Dieses viel zu prunkvolle Zeigerduo, das auf dem Ziffernblatt auf- und ab-kreiste, widersprach meinem natürlichen Instinkt keines festgelegten Wertes. Sie widersprach mir in so vielem, was nur schwer in Worte packen zu ist. Ihr hypothetischer Wert erzeugte Schäden als auch Zufriedenheit. Nur ich stand zwischen den Zeigern und wusste nicht zwischen emotionalen und materiellen Werten zu unterscheiden. Ich hasste sie und es brachte mich aus der Ruhe, sie zu hassen. Aber obwohl ich sie nicht hätte tragen müssen, tat ich es dennoch, vielleicht aus einem Andenken heraus an einen Menschen, der mir etwas bedeutete, dem ich etwas bedeutete. Oder aus dem Wunsch heraus, doch mehr wie sie zu sein, so sorglos frei im Rausch des Materiellen und an nichts denken zu müssen.

Später, ich erinnere mich genau, erlangte ich in meinen verloren geglaubten Gedanken erneut Halt und wurde mir darüber hinaus über ihre Nutzlosigkeit und wie lächerlich sie eigentlich waren, bewusst. Ich brauche eine Pause, ich brauche Urlaub von mir.

Ich dachte an die kalte Meeresluft, die den Duft der Algen und des Mülls in den Meeren, umhüllt von Salzkristallen, an die Küste Südafrikas spülten. Meine Füße und Zehen waren versunken in feuchtem, splittrigem Sand. Begraben unter ihm und umspült von frischem Meereswasser. Nichts blieb mir im Kopf außer graue Wolkenkratzer mit vergoldeten Türen, nächst neben ihnen die hölzernen Hüttchen der Armen und mein Selbst inmitten ihrer. Ebenso die stählernen Flugschiffe, die wie Weltenzerstörer über den Himmel und über den Horizont in Richtung Strand zogen und der Sonne ihr Licht stahlen. Ich stand bereits seit zwei Stunden hier und bewunderte, wie sie den letzten Strahl der Wärme hinter sich verbargen und die Welt aussehen ließen wie eine Kuppel voll Ruß. Tote Vögel lagen nächst zu toten Fischen, beide ertrunken oder verklebt vom letzten verunglückten Öltanker vor der Küste. Ich steckte meine Arme grazil in das Licht der glühenden Sonne, so als ob ich die Strahlen mit meiner Hand hatte einfangen wollen. Ich schweifte ab, versuchte mich an damals zu erinnern, an die schönen bunten Tage, die ich auf der Blumenwiese hinter meinem Elternhaus verbrachte mit nichts außer mir selbst und der Zeit, die sich mit dem Duft der Blumen und dem Summen der Bienen vermischte. Dieses herrliche Gefühl der Freiheit erzeugt durch nichts von uns Erschaffenem. Es sind vergangene Tage. Kühles Sonnenlicht küsste die Sommersprossen auf meinen Wangen. Wenn ich sie damals im Spiegel betrachtete, sahen sie wie gesprenkelt aus. Ich ließ meine dunklen Haare wachsen, bis sie bei jedem Schritt sanft auf meinen Schultern aufschlugen, um mein Gesicht vor der Welt zu verbergen. Nur vor ihr steckte ich sie mir zu einem Dutt zusammen oder band sie mir zu einem

Zopf. Sie liebte das an mir, was ich vor der Welt versteckte. Ihre rotweingetränkten Lippen, weich wie Watte und so sanft wie das Klopfen des Herzens bei Nacht. Wenn wir uns küssten, war es wie in einer warmen Sommernacht, lauwarm, wenn der Körper eins mit der Außenwelt wird und man nicht mehr weiß, wie sich Kälte anfühlt. Am liebsten wäre ich für immer in diesem monotonen, aber schönen Augenblick verfangen geblieben. Für immer zusammen mit ihr, dafür aber alles aufzugeben, was noch vor uns liegen sollte, wäre es mir das wert gewesen? Hätte ich auf jeden neuen Tag verzichten sollen, welcher uns die Chance bieten konnte, an uns zu wachsen, die Erde und ihre Akteure mit neuen und anderen Augen betrachten zu können und auszubrechen aus dem Käfig der Unwissenheit? Es mag zwar ein wunderbares, ja möglicherweise sogar das unbeschreiblich schönste Gefühl von allen sein, sich geborgen zu wissen, zu glauben, nichts kann einem jemals etwas anhaben. Wenn es nur sie und dich gibt und die Wiesen hinter dem Haus. Dann ist deine Welt zwar klein, doch sie birgt noch all ihre Schönheit, ihre Trauer, ihren Reiz, sie kennenzulernen und sich nicht vor ihr zu verstecken. Welch riesige Lust man verspürt, zu lernen und sich all das anzusehen, wovon man nicht einmal träumen konnte. Wenn die dünne Luft auf einem hohen Berg einem die Lunge enger schnürt, man glaubt, beinahe zu sterben, und am Ende darüber lachen kann, sobald man sich daran gewöhnt hat. Oder die endlosen Weiten der Wüsten oder des Meeres, die Realisation, wie klein man ist, wie wenig man wissen kann und wie unbedeutend man im Vergleich zum Universum ist. Wie gerne wäre ich heute noch bei ihr oder in ihren Armen, die mich immer vergessen lassen konnten, was in der Welt stetig voranschreitet. Der Fortschritt.

Das erste Mal hatte ich in den Nachmittagsnachrichten von dem Krieg gehört, davon, wie Menschen sterben und getötet werden. Davon, wie eine Art nach der anderen von uns ausgelöscht wird und wie wir uns dadurch selbst mit Betonklötzen an die Klippen stellen, um dem Versagen unserer Zivilisation dabei zuzusehen. Ich hörte, wie das Klima sich verändert, hörte von Waldbränden oder Atomkraftwerken, die in die Luft gingen. Aber wenn ich bei ihr war, vergaß ich, was ich gesehen und gehört hatte. All diesen sinnlosen Materialismus, die Gier nach Macht und Ressourcen. Ihre Arme waren so warm und beruhigend. Eine Stunde, zwei Stunden ... vier Stunden vergingen, ohne dass man sich an nur einen Sekundenschlag erinnern konnte. Ich hoffte immer, es würde mir egal werden, die Welt nicht verändern zu können, mich nicht verändern zu können. Gerade denke ich an nichts mehr, mache nichts mehr, außer in meiner Zweizimmerwohnung zu sitzen. Mein Körper ist tief versunken in einem alten roten Sessel, neben einem Tisch, auf dem für gewöhnlich eine Flasche Schnaps oder ein Joint liegen, um das damit zu töten, was in mir heranwächst. Dieser Tumor an Schmerz und Verwundbarkeit, unsterblich in mir wachsend, sodass sich nicht mal mehr meine Schatten bei Nacht von mir lösen wollen. Sie lachen mich aus, das, was aus mir geworden ist und sich nicht mehr zu verändern wagt, seit ich die Welt aufgegeben habe. Ich werde zu ihm und er wird zum Es und hechelt wie ein wildes Tier um die Großstadtblocks auf der Suche nach etwas Glück. Je schwärzer die Nacht, desto wohler fühlt es sich. „Ach, wäre sie doch noch da und würde mich retten, würde mich in ihren Armen vergessen lassen, was ich gesehen oder gespürt habe." Schreiend glitt es wie ein Geist um die nächste Ecke, vor ihm tat sich der Abgrund auf, es paarte sich mit dem Gefühl, nicht mehr zu existieren. Wer war es noch, wenn es keine Ziele hatte, noch Menschen, die es glauben lassen konnten, überhaupt noch zu fühlen. Es fühlte sich an wie ein Schmerz, der so untragbar und unaufhörlich in einem Herzen sitzt, man spürt dann reinste Hoffnungslosigkeit. Wenn du dich in den Augen anderer spiegelst und dich selbst nicht mehr erkennen kannst, wenn du das, was du äußerlich bist, nicht mehr identifizieren kannst. Der Abgrund riss sich weiter in den Teer der Straße, pure Schwärze tat sich vor ihm auf. Aber wenn es doch nur könnte, doch dafür fehlte ihm dann doch die Kraft, zu ertragen, dass er versagt hatte, dass jeder um ihn herum versagt hatte und es fallen gelassen hatte, die Blumen am Straßenrand wurden glasig, wie von Eis umschlossen. Es keuchte und zitterte, aus seinem Mund kam nur noch ganz selten ein Luftstrom, zusammengekauert und pulsierend lag es auf dem Boden. Ein Schuss Liebe von ihr hätte gereicht, um ihn zu retten, doch da war niemand mehr. Es lag nun so nah an dem tiefen Schlund, nur Zentimeter vor dem sicheren Fall in die Unendlichkeit, zurück an den Ort, wo alles für ihn begonnen hatte. „Ach, wäre sie nur bei ihm, um ihren warmen Körper an ihn zu pressen und um ihn alles vergessen zu lassen."

Der Morgentau glänzte auf seiner Stirn und vom Gezwitscher der Vögel wurde er wach. Die Sonne stach vom Himmel in seine Augen. Wie lange hatte er hier gelegen? Zwei Tage oder eine ganze Woche? War er endlich wieder bei ihr? Es half nichts. Das Leben hatte ihn gefressen und er hatte sich der Qual des Verdrängens verschrieben. Wenn der Nebel die ganze Stadt bedeckt und er aus dem Fenster sieht, weder hören noch die Kälte spüren kann, ist das Blau der Lichter auf der anderen Seite der Straße das Einzige, was ihn noch glauben lässt, am Leben zu sein. Auch wenn er das nicht mehr ganz genau sagen kann. Nachts wird er immer wieder auf die Suche nach ihr gehen, um immer noch weiter dem Abgrund hinter dem Haus zu folgen, dort, wo eines Tages wieder eine

Wiese sein wird, mit herrlichen Düften und leuchtenden Blumen ... und ... ihr?

Durch Gassen

Die Blätter kommen in Scharen, fallen von den Ästen und Zweigen der Bäume und tragen sich auf dem Boden zu bunten Decken zusammen. Sie liegen unter den kargen, langen Fingern, am Fuß der Stämme, zu deren Wurzeln sie in roten und braunen Farben strahlen. Blaugrau schimmern die Nebelschwaden über den Dächern der Altstadt, sie lassen alles in einen Schleier der Trauer eintauchen und machen diese Welt ein bisschen dunkler. Die Tage verschwammen mit den Nächten in einem nicht endenden Spiel von Grau und Schwarz. Wie eine Krankheit befiel sie die Menschen, die sich in der Altstadt fortbewegten, legte sie weich und bedacht in ein Wachkoma, aus welchen ihnen nur die Frühlingssonne wieder heraushelfen hätte können. Der erste Frost legte sich sanft auf die Frontscheiben der Autos, welche noch verschlafen in den Höfen der Häuserreihen standen, darauf wartend, ihre Besitzer sicher über die feuchten Straßen zur Arbeit zu befördern. Mir liefen keine anderen Suchenden über den Weg, als ich um vier Uhr fünfzig über eine rote Ampel, nicht unweit des Eiffelturms, huschte. Nur ein Auto, welches an der Rue de Saint-Germain um die Ecke bog und ein mir nicht in Erinnerung gebliebenes Kennzeichen führte, brannte sich in meinen Gedanken fest wie nur weniges an diesem Tag. Ich schlich gedankenverloren in Gassen umher, die Straßenseite wechselnd, als ob ich auf der Suche nach etwas wäre, was sich nicht finden lassen wollte. Um ehrlich zu sein, wusste ich nicht einmal, ob ich etwas Bestimmtes zu finden glaubte, ich wusste nicht mal ob ich überhaupt auf der Suche nach irgendetwas oder irgendjemanden war. Der Nebel schlang sich wie ein Strick um meinen Hals, er befeuchtete meine Atemwege und nahm mir die letzte klare Luft im Inneren der Stadt. Fast wie in Trance, schnaufend, suchend, taumelte ich an bunten Lichterketten, die ihre Farbe in den nassen Straßen und Pfützen spiegelten, vorbei. Man konnte von den menschenleeren Gehwegen in die verwinkelten Gassen hineinschauen. Auch konnte man nichts sehen außer ein nicht endendes schwarzes Loch, in welchem auch der hellste Strahl klanglos verschwunden wäre. An der nächsten Straßenbiegung bemerkte ich eine Laterne, sie war dunkelgrün gestrichen, sie leuchtete nur noch schwach und der Hauptmast war um wenige Grade gebogen, wahrscheinlich fuhr einst ein Auto dagegen, verunglückte Fahrgäste, ein gescheitertes Wendemanöver oder Vandalismus, dachte ich mir. Zu meiner Verwunderung kam mir diese so gewöhnliche Laterne sehr vertraut vor, so als ob ich sie an einem anderen Morgen schon mal betrachtet hatte. Ich dachte nach, kam aber zu dem Schluss, mich wohl oder übel geirrt zu haben, und setzte mit schweren Schritten meine Route ins Ungewisse weiter fort. Ich bog rechts an der gekrümmten grünen Laterne ab, vorbei an einer alten Brasserie, welche eine grün-weiße Markise schmückte, auf der sich schon allerlei Schmutz der letzten Jahrzehnte angesammelt hatte. Die Stühle und Tische waren um diese Zeit noch aneinander angekettet und man konnte auch noch kein Leben im Inneren der Bar erkennen. Sie war leer, kein Licht leuchtete und keine Düfte von frisch gepressten Säften, Bier, das kalt und frisch gezapft auf den Tischen steht, die Wasserperlen am Glas nur so herunterquellen, und es nach süßem Kaffee und Gebäck riecht. Kein Geruch von cremigen Milchkaffees oder Espressi. Die Bar lag still in ihrem alten Glanz eingebettet, von alten Häuserreihen umgeben, die einen gewissen kindlichen Charme an sich trugen, so spielerisch sie beschmückt waren mit allerlei Verzierungen. Wie lange sie da wohl noch so sein mochten, schoss es mir durch den Kopf, und wie viele Menschen diese Brasserie schon gesehen haben mochten. Wie viele Geschichten der verschiedensten Leute sie schon hatte hören müssen. Jedoch es blieb ihr wohl oder übel auch nicht viel anderes übrig, als dies über sich ergehen zu lassen. Wie traurig, sich an keinem Gespräch beteiligen zu können, nicht einfach mal die Sachlage aus der eigenen Perspektive schildern, ein Stück ihrer Weisheit teilen zu können. Aber was könnte denn eine alte Brasserie denn wissen. Sie hatte ja schließlich keinerlei Sprachorgane, weder ein funktionierendes Gehirn noch Ohren, mit denen sie das Gehörte hätte aufnehmen können.

Der Wind hatte sich gedreht. Ich saß zum Fuße eines alten, leicht morschen Ahornbaumes, die Beine leicht angewinkelt und dicht an den Körper gepresst, dass meine Füße noch weit genug entfernt von der Straße blieben. Ein Mann, in einen langen hellgrauen Anorak gehüllt, lief schnellen Schrittes den Gehweg hinter mir entlang, seine für sein Alter noch dichten Haare hoben sich bei jedem Schritt etwas vom Kopf ab. Er sah nahezu so aus wie eine der Fassaden. Er hatte die gleichen geschwungenen Bewegungen, ein spitzes Kinn, auf welchem ein kleiner, aber gutsitzender Bart wuchs. Seine Nase, leicht gerötet durch seinen hektischen, aber keineswegs uneleganten Gang, war lang und an den Flügeln etwas breiter. Auf seinen Augen prangerte eine große verspiegelte schwarze Brille, die mich ein wenig an die Scheuklappen eines Pferdes erinnerte. Er war von großer hagerer Statur, mit langen Armen und noch längeren Beinen, die er bei jedem zweiten Schritt etwas weiter nach vorne warf. Unter dem Arm trug er keine Aktentasche, wie man jetzt wohl vermutet haben könnte, sondern eine kleine silberne Box, die an einem Griff befestigt im Sonnenlicht spiegelnd an seiner Hand baumelte. Begeistert blickte ich diesem Mann, mehr dieser Erscheinung von einem hageren Phantom hinterher. Dann drehte er sich um satte neunzig Grad nach links und bog um eine Ecke in eine schmale Gasse, welche in eine weitere noch dünnere Gasse zu seiner Rechten führte. Er war verschwunden, seine wehenden Haare flogen in einer Endlosschleife immer wieder an mir vorbei, sie und diese kleine glänzende Box. Ohne Zweifel das absurdeste von all diesen Dingen, welche ich heute und seit langem gesehen hatte, dabei hätte es auch ganz egal sein können, was er unter seinem Arm oder in seinen Händen getragen hätte, seine Existenz ließ mich nicht mehr los. Als der Kellner vorbeikam, das Trinkgeld fiel heute üppiger als sonst aus, schnappte ich meine Brille, den Mantel, ließ die Zeitung mitsamt dem halb ausgetrunkenen Kaffee auf dem Tisch zurück und preschte vor, über die Straße, um schnell in selbiger Gasse zu verschwinden. Was war es, das ich hier tat, war ich nun endgültig verrückt geworden, übergeschnappt? Ich rannte einem mir fremden Mann ohne ersichtlichen Grund hinterher. Wie seltsam, dass ich mich so geborgen in dem fühlte, was ich abzog. Meine Perspektive verwandelte sich, meine Ohren und Augen reagierten auf den modrigen Geruch der Wände, den sandigen Boden, wie er bei jedem meiner Schritte knackte, ich konnte durch die Wände hören, wie die Schatten längst vergangener Gestalten noch an ihnen klebten, meinen Bauch, gluckernd und in enger Verbindung mit meinen anderen Organen, die Blutlaufbahnen, die durch die Hitze des heutigen Tages kochten und brodelten. Den Weg, der hinter mir lag, das, was ich bereits gesehen und erlebt hatte, alles war so relativ, war ich nur eines von vielen Leben, gab es das, was ich wusste, nicht auch in identischer oder annähernder Form in den Körpern und Köpfen anderer, machte ich mich nicht durch mein Verlangen, jemand anderes zu sein als sie, zu dem, was sie alle in einem gemeinsam hatten?

Meine Beine fingen Feuer, ich rannte immer schneller, um dem Druck der in mir hochkochte, standzuhalten. Durch die Gassen, vorbei an Türen, jede von ihnen war geschlossen, die Fenster von innen mit Laken oder Fensterläden verschlossen. Kein Ausweg, keine Sicht in das Leben anderer, warum war ich so verloren. Mochte mich denn hier niemand mehr, wollte mich keiner bei sich haben. Wenn auch die Gefühle der Menschen nur gesellschaftlich implizierte Variablen waren, die uns das Zusammenleben erleichterten. Worte wie Sterne am Himmel, die jeder sehen konnte, aber keine reale Bedeutung hatten, außer derjenigen, die wir ihnen beimaßen. Alles so relativ, was wenn wir nur eine Form von Leben sind, die ausgerichtet ist, so zu denken, zu denken, wir könnten fühlen oder lieben, hassen, wo Glück und Pech, Bosheit und Tugend nur eine Konstellation unserer geistigen Beschränktheit sind, um uns in unserer unendlichen Freiheit nicht zu verlieren. Zweiunddreißig Jahre und keine Erfahrung und keine Gefühle und keine Liebe und keinen Hass und keine Zuneigung und keine Ahnung, wer ich war. Ein Kind aus Fleisch und Blut, wobei das auch nur bloße Worte sind, die das zu beschreiben versuchen, was wir sind, ohne die leiseste Ahnung davon zu haben, dass es alles sein könnte. Sind wir nur ein Teil des Universums, ein winziges Puzzlestück, im Sinne des Pantheismus, ein Teil des großen Ganzen? Die Türen, die an mir vorbeiziehen, bleiben geschlossen, keine Fenster mehr, die Dächer schließen sich über meinem Kopf hinweg, bis es dunkel wird und meine Beine schwach werden. Keuchend und schwer bleibe ich stehen, der Sand unter meinen Füßen ist grau wie in einer Vollmondnacht. Verwirrt werfe ich meinen Kopf nach links und nach rechts, sehe nichts außer Wänden, die Türen nur noch kleine Mauselöcher, durch die zu gehen mittlerweile unmöglich ist. Ist es das, was mit den Menschen passiert, wenn sie alleine mit all ihrer so hoch angepriesenen Freiheit sind, das, warum Kriege geführt werden, der Grund für so viele Demonstrationen, der Fall der Berliner Mauer, die Angst vor Krankheiten, die Wissenschaft, stets auf der Suche nach längeren besseren Leben, unbegrenzter Gesundheit? Unser gesamtes Leben streben wir nach Individualität unter dem Wunsch, nicht alleine zu sein, streben wir nach Freiheit in einem System, das uns durch seine Regeln einschränkt. Warum können wir nicht frei sein, ohne uns zu limitieren? Eine hagere Hand mit langen dünnen Fingern legte sich auf ihre Schulter, ich erschrak, drehte mich mit geschwollenen Augen um und sah ihm in sein Gesicht. Es war der Mann, nur ohne seine Brille hatte ich, die nun nicht mehr zwischen sich und ihr unterscheiden konnte, ihn fast nicht mehr erkannt. Er blickte sie mit kühlen, verständnisvollen Augen an, die sich ganz tief in ihr Herz bohrten, fast schon unangenehm. Aus seinen blauen Augen tropften zwei kleine Tränen, doch traurig sah er nicht aus. Die Wände, von denen sie beide umgeben waren, drückten sich immer näher um ihre beiden Gestalten, bildeten einen kleinen Raum, in dem es nichts gab außer sie, die Dunkelheit, die sich um ihre Körper schlang, und, da war sie wieder, die kleine Box. Er nahm seine Hand von ihrer Schulter, legte sie bedacht und mit sanften Bewegungen, so weich wie fließendes Wasser, auf die Oberseite der Box. Sie blickte ihn mit großen Augen an, feucht und abwartend, ihr Herz explodierte beinahe, da öffnete sich die Box und darin lag ganz klein und zusammengefaltet ein kleiner Zettel. Sie sah ihn an, mit unbegreiflichen, zitternden Augen betrachtete sie den Zettel in der stählernen Box. Langsam und äußerst vorsichtig, so als sei er ein heiliges Relikt einer Sekte, hob er ihn heraus und legte ihn ihr in die Hände. Sie sah den kleinen vergilbten Zettel an. Noch immer ohne ein Wort gesagt zu haben, drehte der

Mann sich um und verschwand in der Dunkelheit. Sie war wieder alleine und fühlte, wie sich die Relativität von ihr abwarf wie eine zweite Haut. Meine Hände zitterten ohne ersichtlichen Grund, meine Arme pochten, sie faltete den Zettel auf und darin stand in von Hand geschriebenen Buchstaben: „E-S, G-E-H-T, U-M, D-I-C-H." Als ich den Kopf hob, saß ich eine Straße entfernt auf dem Boden neben dem Kaffee. Dort, wo gerade noch der Zettel in meinen Händen gelegen hatte, war nun eine Leere. Doch ich konnte fühlen, dass dort etwas war, mehr als nur ein Gefühl ...

Die Frau an der Bar

In einem Kleid, gemacht aus Stahl und Eisen, grell und bleich, ihrer Mimik gleichend, stand sie am Tresen einer überfüllten Kneipe in irgendeiner Großstadt. Gaffend, durch die Rot- und Gelbtöne ihrer angelaufenen Gläser, blickten einsame Augen ihr nach, wie sie bereits das nächste Glas teuren Schnaps vom Barmann bestellte, den sie sich eigentlich nicht hätte leisten können. Ihre Sicht verschwamm allmählich und diejenigen Bahnen, auf denen sich ihr Kopf bewegte, wurden mehr zu Kreisen oder Ovalen. Ein Trabant auf seinem Weg. Ecken und Kanten, die vor wenigen Minuten noch klar zu erkennen waren, legten nun ihr Trugbild ab und verwandelten sich in das, was sie vorgaben zu sein. Ein Licht entzündete seine Farben, es schlug dreiundzwanzig Uhr und die Lichter begannen sich zu intensivieren. Grelle, bunte Farbtupfer klebten überall in dem Raum, der seine Dreidimensionalität verloren hatte. Da geschah es endlich. Ein Mann, groß, den Bart, man konnte es genau sehen, hatte er gestutzt und gepflegt, trat an sie heran. Seine Kleider lagen eng um seinen muskulösen Oberkörper geschlungen und die Nase hatte er in den Wolken verloren. Dem Geruch nach zu urteilen musste er wohl in einer Parfümerie arbeiten, denn ihn umgab eine sichtbare Wolke verschiedenster süßer Düfte, welche nicht so recht zu seinen Händen passen wollten. Denn diese waren groß und gequollen, mehr denen eines Bauarbeiters gleichend. Mit kleinen Schritten näherte er sich ihr, den Blick zur Seite gewandt und mit einer Hand durch die losen Haare streichelnd, trat er heran und ließ sich schwungvoll auf dem Barhocker neben ihr nieder. Sein Gesicht war rein, ohne

Falten, und seine Augen glänzten im Licht der Beleuchtung bunt auf.

„Einen Doppelten!"

Das „Bitte" hatte er dem Barkeeper vorenthalten. Sie rutschte unauffällig ein Stück näher zu ihm hin, bis sich ihre beiden Knie fast schon berührten. Die bunten Lichter flackerten, ihr Herzschlag wurde schneller und sie hoffte, dass das Gleiche bei ihm auch der Fall sei. Es kam zum Gespräch der beiden. Belanglos und unsortiert und arrogant. Doch das war er in ihren Augen nicht. Es wurden noch einige Getränke bestellt, bis der Raum, in dem sie waren, nur noch aus dem Tresen und den beiden zu bestehen schien. Alles andere war der Aufmerksamkeit zu viel geworden. Sie redeten über Sex, den letzten Partner und wichtige Erfahrungen, die man im Leben als gestandener Mann oder Frau schon erlebt haben sollte. Die Bar wurde leerer, die Gläser immer voller und ihr Lippenstift hatte sich bereits zur Hälfte an den Hälsen und Rändern der Flaschen und Gläser abgesetzt, aus denen sie getrunken hatte.

Riesige Pfützen Alkohol. Sie schimmerten goldgelb oder braun, hatten sich auf dem Tresen und auf den Tischen angesammelt. Es spielte ein Lied im Hintergrund, in dem ein überragendes Stück geminderter Interessenskünste spielte.

Ihr stählernes Kleid umschlang ihren nicht mehr jungen, aber dünnen Körper wie eine Würgeschlange. Spielend bewegte sie sich zum Klang der leisen Musik, die der Plattenspieler von sich gab. Sie trank das letzte Glas aus, er tat es ihr gleich, und ohne ein Wort gesagt zu haben, sahen sie sich an und ergriffen die Hand des anderen. So tanzten sie im Licht der Laternen aus der Bar. Wie auf Wolken getragen glitten die beiden über die vom Regen nassen Straßen, vorbei an flackernden Straßenbeleuchtungen und hupenden Autos. Wie jung sie sich wieder fühlen konnte. Als sie erwachte, noch vom Nebel des Rausches begleitet, konnte sie die Leere im Bett schon fühlen, denn er war nicht da. Es roch auch nicht nach seinem Parfüm oder dem tollen Sex den sie gestern in der Nacht hatten.

„Wo er jetzt bloß sein mochte?"

Sie drückte das Gesicht in ihr Kissen zurück und hinterließ einen leichten roten Abdruck ihres Lippenstifts auf ihm. Am selben Abend strahlten die bunten Lichter wieder in der Bar und sie bestellte das erste Glas Whisky an diesem Abend, wartend auf ihn.

Stein

Eiskalt, nackt und nass liegt da etwas. Es ähnelt den Menschen aus der Stadt, denjenigen, die ihre Träume ihrer Angst verkauften und sich der leblosen Sicherheit hingaben. Sie wählten den geradlinigen Weg der Vernunft. Unter Frost und Eis lagen gut verwahrt und vergessen ihre Gefühle und tiefsten Emotionen, verborgen vor sich selbst. Sie freizugeben würde Jahre dauern und wäre ihnen wohl die Mühe nicht wert. Da spendet ein teurer Kaffee eines Weltkonzerns in einer wohlhabenden Straße der Stadt am frühen Morgen genügend Trost, um über die verlorenen Gedanken und Hingaben hinwegzukommen. Getragen werden sie dennoch nicht auf Wolken. Sie wandern auch keinen steinigen Kiesweg hinauf. Sie leben wohlhabend und doch arm zwischen all denen, die träumen und lieben. Herablassend und missgünstig blickend auf die, welche dem Leben und dem Sein mehr abgewinnen können als nur das Geld, die Arbeit und die Familie, welche es geben muss und nicht soll. Der Stein ist nass, er liegt am Wasser und bekommt alles, was er braucht, und ist mit seiner Rolle zufrieden, soweit es ihm erlaubt ist, es nicht zu sein. Die Strömung des Wassers gleitet sanft an ihm vorbei, fast vergisst er, dass es existiert. Blätter alter Bäume fallen vom Wind getragen sanft ins Wasser und heften sich an dessen Oberfläche. So vieles haben sie bereits gesehen und erlebt. Das Holz und die Rinde der Bäume sind gezeichnet von all dem, was sie die letzten Jahrzehnte erlebten. Von Jahr zu Jahr begrüßten sie neue Knospen und sahen ihnen zu, wie sie ihre grünen Pforten öffneten und das Gedankengut des Baumes freigaben. Die Wärme der Sonne und die Feuchtigkeit des

Nebels in sich aufsaugend, sammelten sie, was sie sahen und fühlten. Die Strömung treibt die Träume der Blätter an die entlegensten Orte und spuckt sie da, wo sie gedeihen können, wieder aus. Der Stein bleibt liegen. Kalt und nass. Entfernt von Treiben, Träumen und Wachsen. Allein unter Millionen Einzelgängern, verloren im unverrückbaren, sicheren Umfeld.

Raum und Stadt

Ein sanfter Wind fegte über die Straßen, die soeben noch von vielen roten, gelben und braunen Blättern bedeckt waren, wirbelte sie durch die Lüfte. In einer Stadt, die niemals den Atem anhält, dachte sie, ist das Laub wie die Menschen. Die meisten von ihnen treiben rastlos umher, getragen von ihrer sich selbst auferlegten Verantwortung, dem Leben einen Sinn zu verleihen. Erst im Alter brechen sie diesen ruhenden Zyklus und verlassen den Schutz der Gleichmäßigkeit. Sie folgen nun dem lauten Rufen des Windes, von dem sie sich erhoffen, dass er sie an einen Ort bringt, an welchem sie diesen Schutz erneut in sich finden können. Einen Ort, an dem die Regelmäßigkeit zur Spontanität wird. Ein Ort, an welchem es ein unbegrenztes Spektrum von dem eigenen Selbst gibt, Facettenreichtum und Weisheit. Ein beständiges Ausleben seiner eigenen Gefühle, wissentlich, niemals das Vollkommene zu erfahren zu. So sehe ich die Blätter, so höre ich die Stimmen hoffnungsvoller Träume im Säuseln des Windes. Ich frage mich, ob sie die gleichen Stimmen hören kann, ob sie an mich denkt, wenn sie auf einer Parkbank sitzt und den Bäumen nachsieht. Ich frage mich ob sie daran denken wird, was ich ihr gesagt hatte, über die Blätter und den Wind. Gelegentlich ersuche ich den erhofften Kontakt, das Gefühl, sie könne an demselben Tag auf der gleichen Bank sitzen, lässt mich oft genug zurückfallen in die Strömung verlorener Träume. Ich bäume mich auf, fülle meine Lungenflügel voll Luft und lasse mich daraufhin niederschmettern, wie wenn ich es nicht gewusst hätte. Nur mich selbst kann ich auf der Bank wiederfinden, verhüllt in einen schwarzen Mantel, geschützt vor dem Wind. In einer Stadt wie dieser, in der es niemals ruhig bleibt, ist die Stille der eigenen Wände untragbar. Sie haben mir gesagt, dass es schon werden würde und die Stille aufhöre, ja wenn ich nur nach vorne blicken könnte. Jedem Raum habe ich die Chance gegeben, mir etwas zu zeigen, mir einen Sinn zu schenken, ihn zu nutzen, und genauso hat es mir jeder Raum gleichgetan. Nun stelle ich mir die Frage, wer von uns beiden aufgegeben hat. Das physische, vom Menschen erschaffene Objekt des Raumes, definiert durch den ihn beschreibenden Zustand, zugänglich, aber abgeschlossen zu sein, oder habe ich aufgehört, mehr als diesen zu sehen. Allmählich vergesse auch ich meine Träume. So vergesse ich auch mich und muss Zuflucht in der Ablenkung suchen. Das wenige konstante Glück des Lebens getarnt als Sucht, als Doping, das es zu wählen gibt, um dem Druck des Lebens standzuhalten. So kann sich der Raum erneut füllen, mit leeren Blicken aus müden Augen, blutunterlaufene Ränder, die sich dennoch in die Felder einer Traumwelt wagen können, um wenigstens kurzfristig das Gefühl einer fortlaufenden Entwicklung gespürt zu haben. Doch auch am nächsten Tag ist der Raum nur voller Lügen, an sich selbst gerichtete Lügen, vor denen man sich nicht mehr retten kann. Sie kleben an den Wänden, stehen in krakeliger Schrift auf Papier geschrieben oder äußern sich in Gesprächen. Sie werden nicht loslassen, und je mehr es von ihnen werden, desto schlimmer trägt ihre Last und ich zerbreche an ihnen. Ich befinde mich in einer Schlucht, zu deren beiden Seiten ich, um zu klettern, zu müde bin, die Angst, eine der zwei zu wählen, erdrückt mich und hält mich am Grund. Eines Tages, denke ich, werde ich sie erklimmen und über sie hinweg lauter als der Wind rufen, doch diese Zeit ist noch nicht gekommen. Auch wenn dies nur aus dem Traum einer mir noch unbekannten Sucht entsprungen ist, klammere ich mich daran, als sei es meine letzte Möglichkeit, dieser faulenden Welt zu entkommen. Und doch werde ich wieder und wieder zurückkehren zu jener Bank und auf sie warten. Ich werde immer weiter den Stimmen des Windes zuhören und lernen, sie zu verstehen. Und wieder werde ich stehen bleiben, verweilen aus einer Angst heraus. Die Räume, in denen ich mich aufhalten werde, deren Wände ich streichen und abreißen werde, verändern sich im Laufe meiner Reise, ich hoffe, niemals wieder stehen zu bleiben, auch wenn der Moment mich festhält.

Ahornblatt

Es war wieder da ...

Das verwelkte Laub im U-Bahn-Schacht. Seit es wieder Herbst geworden war, die Bäume voller Trauer die Welt in bunten Blättern hüllten und die Sonne nur noch mit einem müden Lächeln vom Himmel auf die Menschen schien, verspürte ich, wie schon einst, diese leichte Trägheit in meinen Gedanken. Die vielen braunen Blätter versperrten mir die Sicht auf die sonst so klinisch sauberen grauen Bodenplatten, welche unscharf und verzerrt die Gesichter und Körper der Menschen über ihnen spiegelten. Es bildete sich schon ein leichter Frostfilm auf den grellen weißen Lampen, welche die schmalen, von Menschen verlassenen Gänge mit ihrem Licht fluteten. Ich war schon lange wach. Weswegen meine Augen ein wenig schmerzten und ich spürte, dass ich müde war. Die menschenleeren Gänge ließen vermuten, dass es spät am Abend oder sehr früh am Morgen war. So zumindest dachte ich und hielt es für logisch, so zu denken, bis mein Blick auf die kargen Wände fiel. Diese mit alten grau-braunen polierten Fliesen überzogene Wand der U-Bahn war gezeichnet mit Edding und diversen Graffiti-Malereien. Darunter alte und noch ältere Projekte verschiedenster Künstler oder welchen, die von sich glaubten, es zu sein und im Glanz des Neuen langsam verschwanden. Niemand erinnert sich gerne an seine Vergangenheit. Weder die Malereien noch ich. Sie ist trist und dumpf, kindisch und unreif. Ich nahm einen Schluck aus meinem Papp-Kaffee-Becher und hustete ein bisschen, weil er sehr heiß war. Das ließ meine spürbar tiefen Augenringe zwar nicht verblassen, aber er wärmte mich ein wenig von innen. Ich sah die Blätter an, während die wenigen Menschen, welche mich keines Blickes würdigten, an mir vorbeiliefen. Den Blick auf den Boden, mit hektischen schnellen Schritten in Richtung Ausgang. Die Zeit schien hier unten nicht zu vergehen, als ich auf die Bahn wartete. Hier unten wurde es nicht dunkel oder hell, da die Zeit einfach stehen blieb, während die Welt da oben in unkontrollierter Geschwindigkeit nicht anhielt und auch auf keinen wartete, der nicht bereit dazu war, sein Leben herzugeben. Die Bahn kam pünktlich und ich stieg nicht ein. Ich war kein Teil von ihr.

Da kommt nichts mehr

Denk nicht so viel

In Wahrheit gedenke ich zu behaupten, in der Zukunft mehr Wissen erlangen zu können, ohne auch nur mehr oder weniger daran zu denken, mir unnötige Gedanken darüber zu machen oder meine Zeit damit zu verbringen, mit dem Glauben an das Ungewisse.